I0724100

آبها مرا می‌برند

رمان

اسماعیل یوردشاهیان

شروع بهار ۱۳۸۶ – پایان بهار ۱۳۸۹"

اورمیه – ایران

تاریخ انتشار در کانادا

ستامبر ۲۰۲۲

سریال کتاب: P۲۲٤٥۱۰۰۰٦۹

عنوان: آب‌ها مرا می‌برند

پدیدآورنده: اسماعیل یوردشاهیان

شابک کانادا: ISBN: ٦-٥٥-٧٦۰۹۹۰-۱-۹۷۸

موضوع: رمان،عاشقانه

متادیتا: Fiction

مشخصات کتاب: Paperback/سایز رقعی

تعداد صفحات: ۲۲٦

تاریخ نشر در کانادا: ستامبر ۲۰۲۲

P.H International Group.K

Publishing House

ونکوور، کانادا

تلفن : ٦۳۳ ۸٦٥٤ (۸۳۳) ۱+

واتس آپ: ۳۳۳ ۷۲٤۸ (۲۳٦) ۱+

ایمیل : info@kidsocado.com

وبسایت انتشارات: https://kidsocadopublishinghouse.com

وبسایت فروشگاه: https://kphclub.com

سلام هم زبان

دستیابی ایرانیان مقیم خارج از کشور به کتاب‌های بسیار متنوع و جدیدی که به تازگی در ایران نگاشته و چاپ می‌شوند، محدود است. ما قصد داریم این خدمت را به فارسی زبانان دنیا هدیه دهیم تا آنها بتوانند مانند شما با یک کلیک کتاب‌هایی در زمینه های مختلف را خریداری کنند و درب منزل تحویل بگیرند.

گروه KPH و یا خانه انتشارات کیدزوکادو تحت حمایت گروه کیدزوکادو این افتخار را دارد تا برای اولین بار کتاب‌های با ارزش تألیفی فارسی را در اختیار ایرانیان مقیم خارج از ایران قرار دهد.

از اینکه توانستیم کتابهای جدید و با ارزشی که به قلم عالی نویسندگان و نخبگان خوب ایرانی نگاشته شده است را در اختیار شما قرار دهیم و در هر چه بیشتر معرفی کردن ایران و ایرانیان و فارسی زبانان قدم برداریم، بسیار احساس رضایتمندی داریم.

این کتاب‌ها تحت اجازه مستقیم نویسنده و یا انتشارات کتاب صورت گرفته و سود حاصله بعد از کسر هزینه‌ها، به نویسنده پرداخته می شود.

خانه انتشارات کیدزوکادو در قبال مطالب داخل کتاب هیچگونه مسئولیتی ندارد و صرفاً به عنوان یک انتشار دهنده می‌باشد. شما خواننده عزیز، می‌توانید ما را با گذاشتن نظرات در وب سایتی که کتاب را تهیه کرده‌اید به این کار فرهنگی دلگرمتر کنید. از کامنتی که در برگیرنده نظرتان نسبت به کتاب است عکس بگیرید و برای ما به این ایمیل بفرستید و از انتشارات یک کتاب دیگر بعنوان هدیه برای شما ارسال می‌شود.

ایمیل :   info@kidsocado.com

۱

" ای کاش آدم را این توان بود که سرنوشت و پایان خود را انتخاب
می‌کرد و می‌دید."

این جملات را در آخرین دیدارمان او بـرایم گفـت و در صـفحه آخـر
دفترچـه یادداشـتم نوشـت. درسـت شـانزده سـال پیش، تابسـتان بـود
آخرهای تیرماه در خیابان باریک و کوتاه شرقی دانشگاه تهران. همراه با
چند تن از دوستان و همکلاسی‌ها در سایه درختان کـاج روی چنـد پلـه
کوتاه در شرقی نزدیک ساختمان دانشکده هنرهای زیبا نشسـته بـودیم.
درس دانشکده تمام شده، یعنی فارغ التحصیل شده بودیم و او برای خدا
حافظی آمده بود. خانواده اش به امریکا مهاجرت می‌کردند و او نـاگزیر

بود که همراه آن‌ها برود. نوشت و بلند شد و با چشمان اشک آلود خدا حافظی کرد و گفت:

- ای کاش تو هم می‌آمدی.

می‌دانست که نمی‌توانم و برای همین گفت: رسیدم، خودم را یافتم

زنگ می‌زنم، نامه می‌نویسم، بدان

فراموشت نمی‌کنم.

گفت و نگاه عمیق پر از عشق و حرف‌های ناگفته‌اش را در نگاه وصورتم دوخت بعد برگشت واز همه خداحافظی کرد و رفت. با اینکه تابستان بود نمی‌دانم وهرگز نفهمیدم و ندانستم چرا آن روز باد آن همه سرد می‌وزید.

پس از گذشت سال‌ها اکنون کنار دیوارکوتاه خانه اش ایستاده‌ام وحرکت تابوت اورا که بر دوش آشنایان وهمسایه‌های او حمل می‌شود بدرقه می‌کنم. او را نزدیک همان جایی که همیشه صبح‌هاوعصرها قدم می‌زد و طلوع وغروب آفتاب را تماشا می‌کرد و گاه می‌نشست وچشم به افق دریاچه، موج‌های سپید،گاه کبود وبنفش می‌دوخت و آه‌های سرد وپر از اندوهش را بر آب‌های آن می‌سپرد. پای کوه نزدیک

ساحل رو به دریاچه دفن خواهند کرد. این پایان اوست. اما هرگز آن را انتخاب نکرده بود و ندید.

این جمعیت اندک زن ومرد جوان و پیر که تابوت اورا حمل و همراهی می‌کنند از زندگی وگذشته او چیزی نمی‌دانند. ازچند سال پیش که به شهر و زادگاه من آمد و در دهکده بالای تپه، نزدیک شهرک ساحلی دریاچه، خانه‌ای خرید و ساکن شد. مردم دهکده و شهرک ساحلی او را به خاطر نقاش بودنش شناختند. زنی زیبا و نقاش اما کورکه فقط شکل کم رنگی از اشیاء ومحیط را با چشم راستش می‌دید. همیشه عینکی تیره به چشم داشت تا جای زخم اطراف چشم‌هایش، به‌خصوص چشم چپش دیده نشوند وکسی آن را نبیند. بنا به عادت و علاقه‌ای که داشت. هر روز صبح زود پیش از طلوع آفتاب و یا شامگاه هنگام غروب در ساحل دریاچه قدم می‌زد. به افق دور دریاچه چشم می‌دوخت. بلورهای نمک وپر پرندگان را جمع می‌کرد و سوژه وموضوع تمام تابلوهای نقاشیش از پرنده‌ها و دریاچه بود هم چنین بلورهای نمک، موج‌های آشفته دریاچه با کف سفید. آسمانی آبی بنفش و قایقی واژگون با مردی مرده در درون آب با چشمانی باز که سویه نگاهش معلوم نبود اما آغشته از حسرت وغم بود.

بعد از سال‌ها که به زادگاهم بر گشتم. همه جا در بسیاری از محافل صحبت از او بود. اما از زندگی اندوه‌بار وپر رمز و راز او کسی چیزی

نمی‌دانست. فقط همه کنجکاو بودند که بدانند او کیست؟ زنی زیبا و نقاش که همیشه در ساحل قدم می‌زند ومنتظر است. گفته بود که همیشه او را فقط رعنا صدا کنم چون در همان روزهای اول آشنایی وقتی او را خانم نجواپور گفتم. لبخندی زد وگفت: مرا رعنا صدا کن. اما اکنون نمی‌دانم او را با چه اسمی بخوانم. او نقاش بود ومن به واسطه نقاشی‌هایش با اوآشنا شدم. یعنی بیست ودوسال پیش،همان سالی که تازه وارد دانشکده شده بودیم. اجازه بدهید به آن روزها وسال‌ها بر‌گردم. من باید همه چیز را تعریف کنم. همه را باید بنویسم و شرح دهم:

اواخر پاییز سال ۱۳۵۲ روزهای پایانی ترم اول دانشکده بود که آگهی نمایشگاه نقاشی در نگار خانه نزدیک دانشگاه را بر تابلو اعلانات دیدم. تازه از زادگاهم ارومیه که یک شهر دور افتاده تاریخی با فرهنگ واقتصاد کشاورزی بود به تهران آمده بودم. شاعر بودم باذهنی جستجوگر، تشنه هنر و فضا و مکان های هنری متفاوت، عصر بود که بعد از پایان درس به نگارخانه رفتم. بر در ورودی نگارخانه پوستر رنگی تبلیغ و معرفی نمایشگاه نصب شده بود: نقاشی‌های- رعنا نجواپور. این اسم به گوش من آشنا بود. احساس کردم آن را قبلا بارها شنیده‌ام. وقتی در تالار نگار خانه او را از دور دیدم، فهمیدم که رعنا نجواپور نقاش، اوست، هم کلاسی من که ساعت های زیادی را در

کلاس‌های درس کنار هم نشسته بودیم. بی آن که با هم آشنا و حتی حرفی زده باشیم. او دختری بسیار زیبا بود. قامتی باریک وبلند و صورتی نسبتا گرد استخوانی داشت با گونه‌های برجسته و موهای قهوه‌ای روشن وچشمانی گیرا به رنگ سبز چون برگ که وقتی نگاهت می‌کرد نمی‌توانستی از تاثیر نگاهش چشم برداری و رها شوی. باید اعتراف کنم وقتی در تالار نگارخانه اورا دیدم یک آن پشتم تیرکشید قلبم به طپش افتاد. احساس دیگری یافتم. برای همین با خم کردن سر و ادای احترامی ناشیانه از دور به سمت تابلوها رفتم وسعی کردم خود را مشغول تماشای تابلو ها نشان دهم. تظاهر به این کردم که اورا خوب نشناختم. تمام تابلوهایش آبرنگ بودند. با رنگ‌های سرد،گاه گرم در فضای آبستره، حرکتی از مه وآب وباد با سوژه‌های متفاوت که گویی تا ابدیت در جریان بودند. انگار موسیقی خفته ای از دل فضای آبی بنفش و سفید و خاکستری تابلوها بر می‌خاست و با اندک نور زرد جاری از آفتاب مرده ی پاییزی در میان همه چیز، برگ‌ها ی زرد، گذرگاه‌ها،کوچه‌های خالی و مردمانی با چهره‌ها و صورتک‌های مات و غمگین دمیده می‌شد. انگار نور در فضای تابلوهای او مثل عشق نشسته بود اما پنهان می‌نمود. من این را در نگاه وحرف‌های او و بعدها درصدا وچهرهٔ و رفتار وبر خورد مهربانش یافتم. انگار می‌دانست که در زندگی یک بار اتفاق می افتد. هم چنان که در زندگی ما اتفاق افتاد و مرا به

پرستش وپرسش و اورا بـه جستجو و انتظار بـرد. باورکنیـد احسـاسـاتی نشده‌ام و شاعرانه حرف نمی‌زنم.از چیزی، مسئله ای صـحبت مـی‌کنم که حقیقت زندگی همه ی ماست. زندگی من و او و همه‌ی مـا و همـین مسئله همیشه مرا از او دور و او را در انتظار نگه‌داشت و زنـدگی مـا در فاصله یاد ها و حادثه‌ها و عشق گذشت.

گفتم با او در تالار نگارخانه آشنا شدم در صورتی کـه او هـم کلاسـی وهم دانشکده ی من بود و من با او بارها در سر کلاس ومحیط دانشکده روبرو شده بودم. وقتی طنین آرام صدایش را کـه هنـوز هـم در گوشـم انعکاس دارد از پشت سر شنیدم که گفت:

- عجب پس شما هم به نقاشی علاقمندید.

دلم لرزید. برگشتم دیدم لبخند به لب کنارم ایستاده. با کمی مکـث در حالی که تغییر حالت چهره ونگاهم مشخص بـود. بـه خـودم مسـلط شدم و گفتم:

- بله، تبریـک مـی گـویم، خوشـحالم کـه بـا شـما هـم دانشـکده و همکلاسی هستم. کارهایتان بی نظیرند.

لبخند زد و گفت:

- بی نظیر که نه، شما لطف داریـد. کارهایی هستند کـه مـن بـه‌عنوان اثر خودم قبولشان دارم. از میان خیلی از تابلو ها انتخابشان کـرده‌ام. به خاطر آن چیز و آن قسمتی از من که در درونشان است.

- مثل حس بودن که هست و آدم احساسش می‌کند.

- دقیقا مثل همان حس و ایده خاصی که داشتم و احساس می‌کنم همیشه در درون همه‌ی آن‌ها هست و جریان دارد.

- بله همین طوره.

- مگر شما نقاشی هم می‌کنید.

- نه نقاشی نه. گاه گاهی یک چیزهایی می‌کشم اما نه مثل شما، من برای خودم کار می‌کنم.

- چه خوب. فکر می‌کردم فقط شعر می‌گویید و می‌نویسید

- شعر گفتنم را از کجا می‌دانید؟

- همه می‌دانند، خیلی دلم می‌خواهد روزی شعرهایتان را با صدای خودتان بشنوم.

خواستم چیزی بگویم نتوانستم. صدایم بر نیامد. لب‌های خشکیده‌ام را با زبانم تر کردم، آب دهانم را قورت دادم و بعد گفتم:

- شاید، شاید روزی.

پرسید: خوب، کارهایم را واقعا چطور دیدی؟

نگاهی به اطراف انداختم و بعد گفتم:

- خیلی خوبند، همانطور که خودتان گفتید یک حس، یک زندگی در درون همه شان است. البته جدا از این‌ها من از فضا و مفهوم درون سوژه تابلوهاتان خیلی لذت بردم.

لبخند زد و گفت:

- آن‌ها اتفاقی ست، تفسیر تماشاگری مثل شماست.

- بله همین طوره‌اما فکر می‌کنم همه چنین حس و فکرو برداشت را داشته باشند.

- امیدوارم.

بعد در باره‌ی همه چیز با هم صحبت کردیم واین آغاز آشنایی ما وتغییر زندگی من بود. از آن روز به بعد همیشه با هم بودیم . در کلاس درس کنار هم می‌نشستیم ... ودر ساعت‌های آزاد بین کلاس‌های درس روی نیمکت چوبی زیر کاج‌ها خیابان خلوت وباریک شرقی می‌نشستیم. و صحبتمان از همه چیز بود اما همه چیز در نهایت به عشق منتهی می‌شد وعشق لغت تنهایی بود که در زبانمان، میان الفاظ وکلمه‌ها می‌گشت. رنگ می‌گرفت ودر زلال پاک دوست داشتن، شکل دیگری می‌یافت وما را به هم پیوند می‌زد و ما این پیوند و دل‌بستگی را در تمام ذرات وجودمان دریافته بودیم.

۲

همیشه از خدمت سربازی نوعی ترس و دلهره داشتم. هر وقت به سربازی و مدت آن واجباری که برای انجام دادن آن بود می‌اندیشیدم. احساسی ازناتوانی همراه با غربت و تنهایی وجودم را فرا می‌گرفت و هرگز هم فکرنمی‌کردم که مجبورم این دوره را بگذرانم. فکر می‌کردم به بهانه‌ای نخواهم رفت. اما چنان نشد بلکه بعد از رفتن و مهاجرت او همراه خانواده‌اش نوعی احساس تنهایی و بلاتکلیفی بر زندگی من حاکم شد. فهمیدم که برای گرفتن شغل، ادامه تحصیل، سفر و هر کاری نخست باید به خدمت بروم و برگه پایان خدمت سربازی داشته باشم.

پس داوطلبانه دو ماه زودتر از روز و وقت موعد خودم را معرفی وبرگه‌آماده بخدمت راگرفتم. البته بعدها فهمیدم که سربازی نوعی اسارت وخدمت بیهوده نیست، بلکه نوعی قرار گرفتن در برابر جامعه و مسئولیت و وظیفه خود در برابر کشورت است. برای همین آن را دوره وظیفه خوانده اند. اولین روزی که وارد پادگان شدم معنی این وظیفه ی اجباری را فهمیدم وقبول کردم که باید آن دوره را بگذرانم. گفتم که دوماه زودتر از موعد خودم را برای انجام خدمت سربازی معرفی کرده بودم در صورتی که قبلا هرگز حاضر به انجام چنین کاری نبودم. حقیقت این بود که بعداز رفتن و مهاجرت او همراه خانواده‌اش به‌امریکا واقعا تنها شده بودم. وقتی از تنهایی می‌گویم از بی همدمی می‌گویم، از بیکاری وبی برنامگی و از بی هدفی. وقتی انسان به‌این وضعیت می‌رسد. معنیش این است که انگیزه بودن و معنی عشق و زیستن را از دست داده، دیگر به تنهایی محض رسیده است و من چنین شده بودم. مدتی در تهران بودم . چند هفته‌ای را هم درشهر و زادگاهم کنار خواهرم گذراندم. به او قول داده و تعهد داشتم و می‌خواستم به او برسم اما برای رفتن و خروج از کشور احتیاج به گذراندن سربازی وپایان خدمت داشتم. چاره‌ای جز انجام آن نبود. برای همین مثل بسیاری از دوستان و همکلاسی‌ها، خودرا برای انجام خدمت سربازی به ارتش معرفی کردم. این درست زمانی بود که جنگ شروع شده بود و همه چیز و همه جا درگیر و ملتهب از جنگ بود

و رفتن به خدمت سربازی و بودن در ارتش در چنان زمان و وضعیتی تصمیم وکار چندان آسانی نبود اما گریزی هم از آن نبود و من با همه تردیدها و نگرانی‌ها ناگریز خود را معرفی کردم و همراه با دیگر دوستان ومشمولان به پادگان بزرگی درنزدیکی شیراز اعزام شدم.

دوره‌آموزش نظامی باتمرین‌های سخت گاه طاقت فرسا همراه بود.در تمام روز های هفته آموزش و تمرین و نگهبانی فرصت فکر کردن و با خود بودن را از ماگرفته بود. تنها کار ما بخصوص هنگام شب قبل از کشیده شدن شیپور خواب نگاه به عکس‌ها و علامت گذاشتن کنار روزهای تقویم بود. اما حرکت روزهای تقویم همراه وهم‌پای خواسته‌های ما نبودند. گویی بر حرکت عقربه زمان سنگ سنگینی بسته شده بود که تمام روزها حتی دقیقه وثانیه‌هایش هم کند می‌گذشت ویا من چنین فکر می‌کردم. فقط هنگام شب در بستر خواب حقیقت گذر زمان و خستگیم را می‌یافتم. روزها به کندی برای من وشاید بصورت معمولی برای همه می‌گذشت . بهارکم کم رنگ خود را به گرمای تابستان میباخت.

دوره‌آموزش سربازی با گرفتن سردوشی ودرجه افسری در حال تمام شدن بودکه نامه او بدستم رسید. البته آن اولین نامه اش نبود بلکه دومین نامه اش بود. نامه اولش به‌دلیل تغییر نشانی من از تهران برگشت داده شده بود و او نامه دومش را به آدرس خانه‌امان در زادگاهم فرستاده و خواهرم هم آن را برایم پست کرده بود. وقتی نامه‌اش را گشودم نمی‌دانستم چه بکنم.

بی توجه به همه وهمه چیز به گوشه دنجی رفتم و چندین بار آن را خواندم نامه اش بلند ومفصل و طولانی بود :

نامه

رای عزیزم سلام. چطوری؟ چکار می‌کنی؟ کجا هستی؟ نمی‌دانی که چقدر دلتنگ توام. نامه‌ای که در همان هفته اول بعد از رسیدن به‌این جا برایت نوشته بودم برگشت خورده. نوشته بودند که نشانی اشتباه است نامبرده در محل نیست. فهمیدم از آن جا و از تهران رفته‌ای.به منزلتان زنگ زدم خواهرت گفت که در شیراز درخدمت سربازی هستی.اصلا باورم نشد. سربازی آن هم در این موقع هنگام جنگ؟ اصلا نمی‌توانم باور کنم. تو همیشه می‌گفتی که سربازی نمی‌روی؟ چطور شد که‌این تصمیم را گرفتی؟ لطفا اگرتوانستی هر چه زودتر به من زنگ بزن. اگر نتوانستی برایم بنویس که حالت چطوره چه می‌کنی؟ شماره تلفن و نشانیم را در پائین نامه نوشته‌ام. خیلی نگرانتم. روز شماری می‌کنم که خدمتت را تمام بکنی و هر چه زودتر بیایی این جا. وگرنه من برخواهم گشت. رای کاش این جا بودی. نمی‌دانی چقدر زیباست؟ هرجا که می‌روم آرزو می‌کنم که توهم بودی. این جا برای من یک لحظه هم بی یاد تو نمی‌گذرد. من بی تو خیلی تنها هستم.

در ادامه نامه اش نوشته بود... چند صباحی نیست کـه خـودش را یافتـه در دانشگاه ثبت نام کرده و در یک نگارخانه مشغول کار است اما در همـین مدت کوتاه متوجه شده که نگاه وسلیقه وبرداشت مردم آن جا از نقاشی با ما بسیار متفاوت است. شرح داده بود این جا تحمل آدمها بسیار بالاست و آدمها یادگرفته‌اند و فرهنگ این را یافته اند که همدیگر را تحمل کننـد و نگاه آنها به هنر و ارزش هر فرد بسیار متفاوت با ماست. نوشته بود این جا زندگی معنی دیگری دارد. همه با هم دوست ودر عین حال باهم غریبند و زیر این آسمان خراش‌هـای عظیـم و در ایـن شـهرهای گسـترده کـه جـز تنهایی چیز دیگری نیست. هر کس سعی دارد که از تنهایی بگریزد اما بـاز به تنهایی می‌رسد ولی فراموش نمی‌کند که اگر چه تنهاست اما دیگران هم هستند. این جا بی نامترین، گم نـامترین، غریـب‌ترین آدم‌هـا آشـناترین آدم‌ها هستند. بعد توضیح داده بود که درآن جا هر روز زنـدگی در حـال تغییر است اما پول داشتن و پول دار بودن مثل هر جای دیگـر دنیـا امکان همه چیز را به آدم می‌دهد. چون اگر پول داشته باشی خیلی خوشـبخت و راحتی و توصیه کرده بود که هر چه می‌توانم پول بیشتر با خود بیاورم. بعد پرسیده بود که چه می‌کنی و کـی خـواهی آمـد؟ همیشـه چـراغ افروختـه چشم به راهم است. و از عشق وکنار هم بودن وزندگی مشترک را تشکیل دادن گفته بود و خواسته بود که مرتب به او نامه بنویسم و از وضع خودم و جریان سربازی بگویم ونگران بود که به جبهه جنگ بروم.

یک هفته تمام برای نوشتن پاسخ نامه او فکر کردم و در پایان هفته نشستم ونوشتم:

نامه

عزیز دلم رعنا نامه‌ات رسید. در ایـن چنـد روز ده‌ها بارخوانـده‌ام و هـر کلمه وسطرش را بوسیده‌ام. می‌خواهم بدانی هر روزم با یاد تـو می‌گـذرد. لحظه‌ای نیست که بتو فکر نکنم .اگـر بـه سربازی آمـده‌ام برای خدمت است. قبلا فکر می‌کردم ناگزیرم که به خدمت سربازی بروم. چون مثل همه برای گرفتن مدرک تحصیلی، پاسپورت، اجازه کـار وخیلی چیـز هـا ومسائل دیگر باید کارت پایان خدمت داشته باشم. اما حالاچنان عقیده‌ای ندارم. فکر می‌کنم باید می‌آمدم و خدمت می‌کردم. اکنـون دوره‌امـوزش نظامی در حال پایان است. می‌دانی که زمان جنگ است. بعد از پایان دوره نمی‌دانم بقیه خـدمتم را درکجا وکـدام شـهر ویـا در کـدام جبهـه جنـگ خواهم گذراند و چه اتفـاقی خواهـد افتـاد امـا مـن به هـیچ چیـز فکر می‌کنم. فکر و ذهن ودلم پیش توست. می‌خواهم بدانی این جا هم مثل آن جاست. همه جا آسمان آبی است اما می‌خواهم بدانی غروب در پادگان، دلتنگ‌ترین غروب‌هاست. این جا دراین پادگان نظـامی بـا ایـن که همـه هستند اما همیشه تنها هستم واین تنهایی فقط برای مـن نیسـت. شاید بـرای همه است اما فرق من با آن‌ها در فکر واحسـاسـم است. تصـور کـن بـرای

یک شاعر در یک محیط نظامی روزها چگونه می‌گذرند. کسی که حتی نگران پرواز پرنده‌هاست. روزهایش که در تمرین‌های نظامی، دفاع، کمین، حمله، بمب، فشنگ وتفنگ می‌گذرد. چه کند؟ دلم برای حرف‌هایت، نگاهت و محبتت تنگ شده است. من عشق را با تو شناخته‌ام وبا آن به سر می‌برم. می‌دانم و می‌دانی که روز شماری می‌کنم که‌این دوره تمام شود و پیش تو بیایم .

پرستند تو رای.

باید بگویم بعدازآن نامه، دیگر تا مدتی از او نامه‌ای دریافت نکردم. وبعد ها فهمیدم که علت تاخیر نامه‌ها به‌دلیل زمان جنگ بوده ونامه من بعد ازچهار ماه بدستش رسیده بوده. البته تا هنگام اعزام به جبهه جنگ در هرفرصت کوتاهی که به مرخصی می‌آمدم به او زنگ می‌زدم و صحبت می‌کردم.

هفته آخر دوره‌اموزش نظامی در پادگان فقط انتظار بود.همه افراد گروهان در انتظار روز تقسیم ومشخص شدن شهر ومحل خدمتشان بودند. در قسمت سمت راست ورودی ساختمان اصلی پادگان تابلویی بود که گاه کنار دیگر اعلانات و بخشنامه‌ها، نیازهای مراکز استان‌ها وشهرستان‌ها را برای خدمت سربازان در ادارات مختلف درج و اعلام می‌شد. یک روز که به آن اعلانات نگاه می‌کردم. چشمم به اعلام نیاز شهر(سردشت) برای خدمت در آموزش وپرورش آن جا افتاد که به پنج نفرنیاز داشت و اعلام

نیاز کرده بود. نزد فرمانده گروهان رفتم و تقاضای خود را برای خدمت در آموزش وپرورش شهر سردشت تقدیم کردم. فرمانده تقاضایم را خواند وبعد با کلامی محکم و لحنی دلسوزانه‌اما منقطع و چکشی پرسید:

- سردشت را می‌شناسی؟ می‌دانی کجاست؟ فکر هات کرده‌ای که‌این تقاضا را می‌دهی؟

گفتم: بله

گفت: می‌دانی یک شهر مرزیست و ممکنه هر لحظه به آنجا حمله شود؟

- بله

- پس لابد می‌خواهی دوره ی خدمتت را کوتاه بکنی؟

- نمی‌دانم اما اگر زمان خدمتم کوتاه شود چه بهتر

- نمی‌خواهی یکی دو روزی صبر کنی ودر موردش فکر بکنی؟

چون خیلی وقت است که آن جا اعلام نیاز کرده‌اما کسی حاضر برفتن به آن جا نیست. توصیه می‌کنم کمی بیشتر فکر بکنی

- قربان، من فکرهایم را کرده‌ام. حالا که سرباز هستم وموظفم و باید در هر جایی که تعیین می‌کنند خدمت کنم، چه بهتر که برای بچه‌های یک شهر دور افتاده مرزی تدریس کنم.

لحظه‌ها خیره نگاهم کرد و گفت:

- فکر نمی‌کردم از آن آرمانگراهای بی مغز باشی. باشه حالا که چنین عقیده‌ای داری تقاضایت را با نظر موافق به کمسیون تقسیم

می‌فرستم. البته می‌دانی که حتی موافقت هم بکنند سه ماهی را باید در جبهه جنگ بگذرانی. بخصوص تو وچند نفر دیگر با توجه به رشته تحصیلتان، برای ساختن سنگر به قسمت مهندسی ارتش در جبهه می‌روید. کار دشوار وپرخطری ست اما در عوض مدتش کوتاهه موفق باشی.

فهمیدم همانطور که فرمانده می‌گوید روزهای سخت ودشواری در پیش دارم. هفته بعد با تعدادی از هم دوره‌ای‌ها به جبهه جنوب در کرانه کرخه و اروند رود اعزام شدم. هنگام رفتن فقط خواهرم منیژه به شیراز برای بدرقه‌ام آمده بود. تنها کسی که داشتم. او اگر چه آرام بود اما از نگاه وحرکاتش دغدغه درون و نگرانیش را می‌توانستم حس کنم مدام می‌گفت:

- رسیدی تلفن کن، یادت باشه هرروز به من زنگ بزنی، مواظب خودت باش.

وقتی اتوبوس حرکت می‌کرد نزدیک آمد وگفت:

- می‌خواهی به رعنا زنگ بزنم وخبر دهم؟

نگاهم در نگاهش منجمد شد و نتوانستم چیزی بگویم.

درجبهه وقتی تقسیم شدیم مرا با چهار نفر دیگر به کرانه اروند رود فرستادند. جایی درخط مقدم جبهه در بیست متری مرز، جایی که درست در طرف دیگر کرانه رود، نفرات دشمن دیده می‌شدند. به من ماموریت طراحی سنگرهای سر پوشیده‌ای را داده بودند که راهرو ودالان‌های

سرپوشیده و دو راه مخفی فرار در صورت فروریزش سنگر را داشته باشند و چادری در زیر درخت نخل پشت خاکریز کوتاهی برای طراحی واجرای عملیات نصب کرده بودند. اوضاع جبهه آرام بود اما به نظر آتشی در زیر خاکستر می‌رسید. روزی که خود را به سروان بهرامی وگروه زیر دست او که تعداد شان به سی نفر می‌رسید معرفی کردم. سروان بهرامی از پیوستن من به گروه آن‌ها اظهار خوش‌وقتی کرد و بعد از خوش آمد گویی شرحی مختصر از منطقه و وضع جبهه و برنامه گروه داد و تعدادی نزدیک به ده نقشه سنگرسرپوشیده را تحویل من داد و خواست که بهترین طرح و نقشه را با تغییراتی که مناسب با محل باشد برای اجرا انتخاب و طراحی و آماده سازم و در وقت مناسب محل احداث آن‌ها را هم با بررسی محیط همراه با تیم مهندسی تعیین کنم و سرباز وظیفه‌ای بنام عیوض را مامور خدمت در زیر دست من و انجام تمام امور من کرد.

سرباز وظیفه عیوض که اهل آذربایجان و هم ولایتی من بود جثه‌ای ضعیف اما کله‌ای بزرگ داشت و صدای نازکی که به جیغ بی‌شباهت نبود و با لهجه خاص محلی خود حرف می‌زد اما با همان جثه ضعیف بسیار زیرک و کاردان بود و بدلیل ماه‌ها خدمت در جبهه بسیار با تجربه و آزموده بود. صبح روز بعد که برای معرفی خود به چادر من آمد.

لحظه‌ها با تعجب به من و اطراف و وضعیت چادر نگاه کرد. بعد بی هیچ مقدمه‌ای گفت:

- جناب سروان اگر اجازه بدهید و می‌خواهید زنده بمانید باید چاله بکنیم.

پرسیدم: چاله برای چی؟

گفت: این جا اگر می‌خواهی زنده بمانی باید در چاله بمانی.

بعد بدون توجه به نظر من، تمام کیف ولباس و وسائل نقشه برداری و طراحی مرا بیرون ریخت. رفت با سطل و کلنکی دسته کوتاه بر گشت و شروع به کندن چاله‌ای بزرگ در داخل چادر کرد. بسیار فرز وسریع کار می‌کرد بطوریکه نزدیک ظهر چاله آماده و سقفی فلزی پوشیده با کیسه‌های خاک را بالای آن زیر چادر گذاشت که از بیرون اصلا معلوم نبود. فقط چادر دیده می‌شد وباعث حیرت وتحسین من شد. بعد از تمام شدن کار چاله در داخل چادر که در حقیقت یک سنگربود. زیر انداز وتمام وسائل من وخودش را در داخل چاله قرارداد. نزد من آمد وگفت بفرمایید آماده است. وقتی در داخل چاله که چندان هم راحت نبود نشستیم گفت:

- یادتان باشد هر صدایی که شنیدید فوراً بخوابید زمین.

و از آن لحظه به بعد کار ما این بود که با شنیدن صدای هر انفجاری یا توپ ومسلسلی سرمان را می‌دزدیم ودر کف چاله می‌خوابیدیم.

در جبهه همه چیز هر لحظه در حال تغییر بود. هـوا چـون دل آدم بی‌قرار بود. گاه ابری بود گاه سرخ رنگ و گاه پوشیده از دود وخاکستر و بـوی سوختگی که مشـام را می‌آزرد. بـاد کـه مـی‌گذشـت صـفیر گلولـه‌ها را همراه داشت و خبر بد می‌برد. هر لحظه گلوله‌ی سرگردانی بـود و خـون پاشیده بر دامن بـاد. دلـم از آن همـه انفجار و خـون می‌گرفت. هـر چـه می‌اندیشیدم معنی دشمن و جنگ را نمی‌فهمیدم و درخود فرو می‌رفتم و صداهای غریبی در ذهن وجانم می‌پیچیـد. عیـوض کـه همیشـه نگاهش برمن ودهان من بود. وقتی سکوت اندوهبار مرا می‌دید وسوال‌های مکرر مرا که زیر لب با خود تکرار می‌کردم می‌شنید، می‌گفت:

- جناب سروان تا دنیا بوده دشمن بوده وجنگ بوده. دست من و شما نیست. زیاد غصه نخورید.

و من نگاهش می‌کردم. به جوانی او و به بسیاری دیگر چون او و خودم وآرزوهایی که برای فـردا وزندگیشـان داشـتند می‌اندیشیدم و زیـر لـب زمزمه می‌کردم:

- فردا چه خواهد شد؟ ای کاش جنگ نبود.

دشوارترین وخطرناکترین لحظه کار من شناسایی محل ساخت سنگرها و نشانه گذاری محل ساخت آن‌ها بود که همراه عیوض و سروان بهرامی و یک گروهبان وپنج سرباز دیگر نیمه‌های شب، خمیده و گاه نشسـته و یا سینه خیز در حالی که کمتر با هم حرف می‌زدیم بـه کنـاره رودخانـه

می‌رفتیم وشروع به اندازی گیری و نشانه‌گذاری محل‌ها با دروبین شب مهندسی می‌کردیم. در پایان آخرین شب علامت گذاری که شب روشن و مهتابی بود و ماه چهار طاق بر سینه رودخانه نشسته و می‌تابید. جنازه خیلی از سربازان و نظامیان را دیدیم که در سینه رود روان بودند. با دیدن آن جنازه‌ها کنار و میان بستر رود وحشت زده با حال پریشان ایستادم و چشم به رودخانه دوختم. آن جا کنار رودخانه در آن فضای نیم روشن مهتابی احساس می‌کردم که رودخانه از ماورای هستی از زمان دور ازجهان مرگ ونیستی جاریست و فضایی اساطیری ترس آوری ذهن مرا در برمی‌گرفت. خوب وبه دقت که نگاه کردم، دیدم آب رودخانه سرخ رنگ است، رودخانه خون است، رودخانه تن آدم است، رودخانه مرگ است ... وقتی سروان بهرامی اشک‌هایم را دید گفت:

- بالاتر ها در گیری شدیدی است. گوش کنید می‌فهمید.

وما گوش که فرا دادیم صدای انفجار بود وتوپ وگلوله که یک ریز به گوش می‌رسید. هوا شرجی بود و باد له له زنان و گرد آلود می‌گذشت دلم برای ماه سوخت که شاهد چه لحظه‌های دردناکیست. آرزو کردم اگر من نیز قراره کشته شوم وبمیرم، ای کاش ماه نبیند و درروز و یاشب ابری وتیره باشد.

دو روز بعد گروه داوطلبین همراه با ماشین آلات سنگین رسیدند تعدادشان به ده نفر می‌رسید و فرماندهشان سپاهی خوش‌رو و با اخلاق و با مروتی بنام سلمان بود که بسیار پرشور وپر احساس حرف می‌زد.

معلمی بود شاعر که داوطلب خدمت در جبهه شده بود. چشمانی قهوه‌ای تیره وموهای مجعد و دماغی باریک داشت. بعد از معرفی خود به سروان بهرامی و آشنایی با من پرسید:

- جناب سروان چه باید بکنیم:

گفتم:

- طرح اجرایی را مطابق یکی از نقشه‌های ارسالی قسمت مهندسی با نشانه گذاری محل ها آماده کرده‌ایم اما با این تغییر که تمام سنگرها برای پیشگیری از ریزش شکل هلالی خواهند داشت و لیست تمام مصالح مورد نیاز و نحوه اجر کار راهم را نوشته‌ام. جناب سروان بهرامی بهتر می دانند که چه باید بکنیم.

رو به سروان بهرامی کرد و گفت:

- ما برای خدمت آمده‌ایم و تحت فرمان شماییم. بفرمایید چه باید بکنیم.

سروان بهرامی گفت:

- محلهای نشانه گذاری وتعین شده باید به عمق سه متر در عرض یک متر و بیست سانت خاک بر داری شوند. خاک‌ها در همان محل با فاصله اندک در سمت کرانه رود ریخته شود. چون برای پوشش اولیه به خاکریزی به ارتفاع چهار تا شش متر در طول کرانه نیاز مندیم. شماها هر وقت آماده بودید، ما هم آماده‌ایم.

گفت: چشم

وشبانه شروع به کار کردند و ما هم به آنها پیوستیم.کار میان نخل‌های سوخته وشکسته وپریشان و مانداب‌های کنار رود که گاه حرکت را غیرممکن می‌کرد . بسیار سخت ودشوار بود. نیمه‌های شب من از شدت خستگی از توان افتادم وبه چادرم بر گشتم. روز بعد نزدیک ظهر که چشم گشودم. عیوض را دیدم که بیرون در سایه چادر نشسته مشغول کشیدن سیگار است. مرا که دید با همان لهجه خاص خود گفت:

- جناب سروان خوب خوابیدی‌ها.

سکوتی غریب بر فضا حاکم بود به سمت رود که نگاه کردم. خاکریزی به ارتفاع چهار وگاه پنج متر در امتداد ساحل رود کشیده شده بود. گروهی از داوطلبین و سربازان تازه نفس مشغول بلوک چینی وسقف گذاری سنگر ها بودند. فهمیدم که چرا عیوض با اطمینان و احساس امنیت بیرون از چاله نشسته ومشغول دود کردن سیگار است.

پرسیدم:

- جناب سروان بهرامی ودیگران کجا هستند؟

گفت: همه تا صبح کار کردند و الان هم خوابیده اند

عصر همان روز که مشغول کنترل نحوه ساخت وپیشرفت کار درضلع جنوبی خاکریز ها بودیم. سلمان ازمن دلیل دلتنگیم را پرسید. به او گفتم:

- معنی جنگ را نمی‌فهمم و دلتنگ از این همه خون ومرگ هستم

سروان بهرامی گفت:

- جناب مهندس ما هم با جنگ مخالفیم اما کاری نمی‌توان کرد جنگ همیشه بوده، کلا تاریخ بشر با جنگ آمیخته است و هر کشوری برای بقای خود مجبور است که بجنگد. برای همین ناگزیراست که ارتش داشته باشد و شروع هر جنگ هم دلایلی دارد.

گفتم: چه دلیلی، به بهانه و بهای چه؟

سلمان گفت:

- من منظور واحساس تو را می‌فهمم. اما همیشه بین نیکی وبدی جنگ بوده . قبول کنید اگر کسی به شما حمله کند. ناگزیرید از خودتان دفاع کنید. این جنگ بین حق و باطله.....

سکوت کردم، پرسید:

- بعد از این جا کجا خواهید رفت؟

گفتم:

- به شهر سردشت مامور خدمت در آموزش وپرورش آن جا هستم

خندید و گفت:

- من معلمم، از مدرسه به جبهه‌امده‌ام، تو از جبهه به مدرسه می‌روی؟ جالبه

بعد پرسید: خوب جبهه را چطور دیدی؟

گفتم:

- تجربه خوبی نبود. تمام درد بود. من از تصور کشته شدن انسآنها بیزارم. چه رسد به حقیقت آن و فکر می‌کنم نمی‌توان این همه بی تفاوت بود

خندید و با دست بر شانه‌ام زد و گفت:

- چه می‌توان کرد، گاه در برابر مرگ هم بی تفاوت که نه، باید فروتن بود.

گفتم: نه در برابر انفجار گلوله‌ها!!!

باز خندید وسرش را تکان داد. سه هفته بعد با تمام شدن کار ساخت سنگرها، تیپ مهندسی به پشت جبهه برگشت و من با پایان یافتن دوره خدمتم در جبهه رهسپار محل خدمت تازه‌ام شدم. بعد ها شنیدم سرباز وظیفه عیوض که آن همه مراقب خود بود وسپاهی معلم سلمان که انسانی پاک و شاعر بود در جبهه کشته وشهیدشده‌اند.

٣

سردشت شهر کوچکی بود که می‌شد در یک ساعت ده‌ها بار طول و عرض آن یعنی دو خیابان کوتاه و کم عرض آن را طی کرد. رفت وبرگشت. شهر بر بالای تپه‌ای قرار داشت و کوه‌های بلندی از سمت غرب آن را احاطه کرده بودند و در سمت شرق هم شهر مشرف بر دره‌ای بود که رودخانه بزرگ وپر آبی در ته آن جریان داشت. اکثر ساکنان غیر بومی شهر یا کارمند بودند ویا نظامی وساکنین اصلی وبومی شهر به کار دامداری وکشاورزی مشغول بودند. محله‌های آن‌ها در قسمت قدیمی و حومه واطراف شهر قرارداشت. وقتی از یکی از گوشه‌های شهر به اطراف می‌نگریستی طبیعت زیبا و بکر آن مسحورت می‌کرد.

ظهر سومین روز هفته بود که به آن جا رسیدم. رئیس اداره آموزش
وپرورش که مردی لاغر سیاه چرده با دماغی باریک و سبیل‌های قیطانی و
نگاهی مهربان بود در اطاق نه چندان بزرگش پشت میز چوبی نسبتا تمیز
وتازه‌ای نشسته بود وسیگاری روشن در دست مشغول نوشتن بود. وقتی
وارد شدم وخودم را معرفی کردم، باورش نمی‌شد. لحظه‌ها همانطور مات
نگاهم کرد. نه تعارف کرد که بنشینم ونه گفت که از دیدنم خوشحال
است. بعداز دقایقی فکر ومطالعه معرفی‌نامه من لبخندی زد وگفت:

- پس مهندس معماری هستید وبرای خدمت آمده‌اید عجب؟

بعدکمی سکوت کرد ونگاهش را به کاغذ دوخت ولحظاتی همانطور
که نگاهش به کاغذ بود فکر کرد و بعد پرسید:

- می‌خواهید چه کنید؟

گفتم: تدریس همان که خواسته بودید

- تدریس؟

- بله من اگر چه تحصلاتم در مهندسی معماریست به هنر وادبیات
علاقه دارم و گاه گاهی هم چیزهایی می‌نویسم.

- چقدر خوب، چقدر به شما نیاز داریم. بله ما اعلام نیاز کرده
بودیم البته ما نه اداره مرکزی. بله به شما نیاز داریم.

بعد دستوری روی معرفی نامه‌ام نوشت و زنگ زد کارمندی آمد و نامه را ضمن معرفی من به او داد و بعد از من پرسید:

- کی رسیده‌اید؟

- همین الان

- شهر را گشتید جایی برای ماندن دارید؟

- نه

از پشت میزش بلند شد، آمد دست مرا گرفت، کنار پنجره برد و در حالی که شهر واطراف آن را نشان می‌داد گفت:

- نگران نباشید جا برای اقامتتان فراهم می‌کنم. باید بدانید این جا در این شهر فقط یک دبیرستان هست ودبیر تحصیلکرده مثل شما هم کم داریم. شما باید آن جا خدمت کنید و تدریس خیلی از درس‌ها را به عهده بگیرید.

- آقای مهندس این شهر، شهر خوبیست. روزهایش ساکت بی‌غلغله وخاموش است و شب‌هایش خاموش‌تر از روز هایش اما مردمی مهربان و خوش قلب دارد.خواهید دید.

بعد دستم را فشرد وتا دم در اطاقش بدرقه‌ام کرد و گفت:

- خیلی خوشحالم شدم، خوش آمدید.

دبیرستانی که من باید در آن جا تدریس می‌کردم. مدرسه‌ای قدیمی با ساختمانی آجری و پنجره وسقف چوبی بود وچهار کلاس بیشتر نداشت و یک زیر زمین که به آزمایشگاه و کتابخانه وانباری اختصاص داده شده بود. مدرسه در قسمت ورودی شهر نزدیک رودخانه قرار داشت و برای اقامت من با توصیه رئیس آموزش وپرورش طبقه دوم خانه‌ای را در نزدیکی مدرسه اجاره کرده بودند. خانه به مردی به نام ایاز تعلق داشت. ایاز مرد علیلی بود با یک پای چوبی با زن جوانش رخسانه ودو دخترش اسما و روخا در طبقه اول خانه اش ساکن بودند. ایاز با وجود این که یک پایش را در جوانی از دست داده وعلیل بود اما مرد بسیار تیز هوشی بود. سواد اندک داشت و گاه کتاب و روزنامه‌ای می خواند وبیشتر علاقه داشت که به اخبار گوش دهد و در خصوص اتفاقات سیاسی جهان بحث کند. عصرها که خسته از کار بر می گشتم هم صحبت خوبی برای من بود. کار اصلی ایاز خرید وفروش عمده اجناس وکالا ودام وعلوفه بود. در طول هفته هر کالایی که می‌رسید وقیمتی مناسب داشت می‌خرید و در انباری پشت خانه اش انبار می می کرد و روزهای جمعه در جمعه بازار شهر که چهره واقعی شهر واکثر مردم شهر را می‌توانستی در آن جا ببینی عرضه می کرد. می فروخت وسود خوبی هم می‌برد. دو کارگرمرد داشت که حمل و انبار کردن اجناس را انجام می‌دادند. دفتر ومحل کار ایاز خانه اش بود. درپائیز و زمستان دراطاق نشیمن خانه اش ودر بهار

وتابستان در ایوان خانه اش که مشرف بر حیاط و رودخانه که از مقابل خانه اش می‌گذشت، می‌نشست وچشم به بیرون، به زنش رخسانه می‌دوخت که هرروز از صبح مشغول کار در حیاط خانه ویا شستن لباس بیرون در حاشیه ی ویا وسط رودخانه بود ومدام نق می زد و با ایاز بگو ومگو داشت. در بعضی از روزهای هفته که دیر به سر کار می‌رفتم او را می‌دیدم که با قامت بلند وظریفش میان آب ایستاده و مشغول شستن و آب کشیدن لباس‌هاست. رودخانه ازمیان پاهای او روان بود وعطر زنانه را گرفته به تمام گل‌ها وماهی‌ها می‌برد. رودخانه از بالا ازآن سوی شهر جاری بود. بعد ازگذشتن از انحنای بر آمدگی صخره شرقی تپه اصلی کنار شهر، قوس نیمه دایره‌ای نرم وبزرگی را طی می‌کرد و در قسمت غربی ساحل شنی نرم وکم عمقی را فراهم می‌ساخت که مکان بسیار مناسبی بـرای شنـا ومـاهی گری وشستشـو و گـردش بـود و در طـرف دیگر، کناره ی مقابل، آب با عمق وسرعت زیاد جریان داشت.

پائیز که تمام شد. تمام زمستان برف بود وبرف. گاه هفته‌ها برف می‌بارید وارتفاع برف از یک متر می‌گذشت و آمد شد جز با پای پیاده و یا با اسب واستر و در صورت لزوم با ماشین بخصـوص تراکتـور امکـان پـذیر نبود. با وضعی که پیش می‌آمد. مدرسه تعطیل می‌شد وکـار مـن نشسـتن در خانه و مطالعه ونوشتن بود ویا قدم زدن در حاشیه رودخانه و سر رفتن با اسکیت های چوبی محلی در قسمت کم عمق غربی رودخانه بـود کـه تماما یـخ زده و گـاه ضـخامت و کلفتی آن بـه چهـل سـانت و یـا بیشتر

می‌رسید. به راحتی می‌شد روی آن رفت. قدم زد و سر خورد و اسکیت رفت. همان کاری که اکثر بچه‌های می کردند و همه با وجود سرمای هوا غرق در برف بودند. من گاه به وسط رودخانه نزدیکی سمت مقابل می‌رفتم و چشم به جریان تند آب در پائین زیر یخ و جریان کند حرکت آب و یخ در بالا قسمت نزدیک حاشیه دیگر رودخانه می‌دوختم که به تانی و کندی در جریان وحرکت بود و بعد از هر گردش وتفریحی در آن سرمای وحشتناک قطبی با باد سوزناکی که از عرصه کوهستان و جنگل‌ها دامنه‌ی کوهستان می‌وزید وتا مغز استخوان نفوذ می‌کرد. دلچسب ترین ومهربانترین جا همان اطاقم کنار بخاری هیزمی بود که گرمای دلچسب و چای داغ تازه دم کنار آن، جان وتوان تازه‌ای می‌بخشید.هر روز ظهر وعصر که به خانه می‌رسیدم. رخسانه با لیوانی چای و مشتی کشمش و بادام وگردو مهمانم می کرد. عادتش همین بود. همیشه و هر روز قبل از برگشتن من به خانه بخاری هیزمی اطاقم را روشن و چای را دم می کرد وآماده می‌ساخت و شوهرش ایاز منتظر بود که من برسم و آخرین اخبار دنیا و بخصوص جنگ را به من بگوید و با من بحث کند. با شنیدن خبرها از ایاز می‌فهمیدم با وجود زمستان جنگ هم چنان ادامه دارد. با پایان زمستان و آمدن بهار وطولانی شدن روزها درس ومشق مدرسه شور وقوت بیشتری گرفته بود. فقط غرش هواپیماها نظم درس ومدرسه را به هم می‌زد. من ودانش آموزان چون دیگر مردم

واهالی شهر با شنیدن صدای هر غرشی چشم بر آسمان می‌نهادیم و گذر هواپیماها ی بمب افکن جنگی دشمن را که در ارتفاع کم می‌غریدند و آسمان را خط می‌کشیدند.تماشا می‌کردیم. می‌شمردیم. دلواپس ونگران می‌شدیم. همیشه بعد از گذر وعبور آن‌ها با خواهرم تماس می‌گرفتم و جویای حال و وضعیت او و شهر ودیارم می‌شدم. می‌پرسیدم که نامه و چیزی دارم و وقتی خواهرم می‌پرسید: که چطوری، چگونه‌ای؟

به مزاح می‌گفتم:

- خوبم، روزهایم در این غربت به دلتنگی می‌گذرد. دیگر کسی سراغم را نمی‌گیرد،آی من غریب هستم خواهرم.

خواهرم می‌خندید وچیزی نمی‌گفت ولی من می‌دانستم که بسیار نگران من است.

بهار که رسید. جنگ هم با شکفتن علف‌هاو شکوفه‌ها و آب شدن برف‌ها شعله ورتر شد. اما شهر سردشت آرام و امن بود و من چون دیگر مردم شهر مشغول کار خود بودم. شاگردان مدرسه که باید به خانواده‌هایشان در کار مزرعه کمک می‌کردند. عجله در برگزاری امتحانات و تعطیلی مدرسه داشتند. به همین جهت من نوبت کلاس‌هایم را دو برابر کرده بودم و سعی داشتم تا آخر اردیبهشت ماه تدریس کتاب‌ها و دروس تعیین وطرح شده را تمام کنم. برای همین همراه با شاگردان تا عصر، نزدیکی غروب آفتاب در مدرسه بودم در پایان هر

روز از حاشیه رودخانه که همراه با دیگر آموزگاران راهی خانه بودم کودکان، دختر وپسران جوان را می‌دیدم که هر کدام توری در دست که اکثرا پرده‌های توری کهنه خانه‌هایشان بود. به میان رودخانه رفته‌اند و مشغول ماهیگیری هستند. رودخانه مملو از ماهی سفید و قزل آلای طلایی بود و با وجود توصیه وتذکر من ودیگر دبیران که کمی صبر کنید تا ماه تخم ریزی بگذرد. اما آن‌ها توجهی به حرف من ودیگران نداشتند. چرا که دهان‌ها باز وشکم‌ها نیازمند غذا بودند و تا مدتی هر روز ناهار وشام اهالی ماهی بود وهمه شاد و خرسند از آن همه نعمت بودند. اما در کنار همین خوشی‌ها خبرهای بدی از شدت گرفتن جنگ می‌رسید. نگرانی زمانی بیشتر شد که خبر رسید در مرز حاجی عمران در پیرانشهر یکی از شهرهای نزدیک سردشت جنگ شدت گرفته ونیروهای دشمن ضربه وشکست سختی خورده اند و امکان دارد که برای تلافی شهرها وروستاهای نواحی مرزی را بمباران کنند. اگر چه همه نگران از بمباران بخصوص بمباران شیمیای بودند اما با توجه به وضعیت جغرافیای شهر و قرارگرفتن آن در بالای تپه کنار دره‌ای عمیق، همه مطمئن بودند. بمباران شیمیایی با نشست گاز در دره‌ها آسیب کمتری می‌تواند برساند اما از همه خواسته شده بود احتیاط کنند. حوله‌ی خیس با ذغال همراه داشته باشند که در هنگام بمباران مقابل چشم ودهانشان بگیرند.

روزها در اضطراب می‌گذشت. ظهر روز چهارشنبه هفته‌ی دوم تیر ماه بود ومن سرگرم تدرس وکار با بچه‌های سال آخر متوسطه بودم. چند روزی به برگزاری امتحانات آخر سال وتعطیلی مدرسه نمانده بودکه ناگهان صدای غرش چند هواپیما و انفجار های پی درپی رسید. خواستیم از کلاس خارج شویم که انفجارمهیبی در حیاط مدرسه رخ داد وغبار وگاز سبز خردلی سوزانی منتشرشد و همه جا را پر کرد و با برخورد وانفجار بمب دوم سقف کلاس همراه با خرد شدن شیشه‌ی پنجره‌ها فرود ریخت و من با ضربه وهجوم توفانی گاز دمنده‌ی سبز رنگ افتادن شاگردانم را چون برگ دیدم. گویی توفان بر نیزار و جنگل فرو آمده بود و نی ها و درختان یک به یک می‌افتادند. دیگر خون بود که از چشم‌ها ودماغ‌ها ودهآن‌ها بیرون می‌زد.کودکان وجوآن‌ها چون گلبرگ‌های سرخ میان دود و گاز و گرد وغبار سبز و کبود غرق خون بودند. می‌خواستم پیش بروم وکمک کنم اما خون دهان ودماغم امانم را بریده بود. توان حرکت را نداشتم. همراه با ریزش دیوار،آجری بر سرم خورد و به زمین افتادم. تخته سیاه با قسمتی از دیوار روی من افتاد و گاز منتشره چشم وسینه‌ام را سوزاند. دیگر چیزی نفهمیدم.

***

ظهر روزی که بعداز مدت‌ها به هوش آمدم. خودرا در بیمارستان مرکـزی دانشکده پزشکی زادگاهم بستری دیدم. نمی‌دانستم که چـه شـده، بـر سر کلاس و دانش آموزان مدرسه چه آمـده، ایـاز وزنـش رخسانه ودیگر اهالی شهر چه شده اند؟ سرم زخمی، دستم شکسته و چشمانم بسته بود. اما بیشتراز همه ریه‌هایم آسیب دیده بودند. به زحمت نفس می‌کشیدم. در هـر دم وبازدم هوا، خش خش تلخ و ناهنجار سینه‌ام را می‌شنیدم ویعد خلط خونینی که با تک سرفه‌ها همراه ذرات ریز خون بیرون می‌ریخت. اطرافم جز دیواره چادر اکسیژن و نور ضعیف و تیره رنگی که از میان پلک‌های زخمی ومژه‌های سوخته و بسته و پانسمان شده‌ام به درون چشم‌های خونینم می‌دمید و به سرخی مـی‌زد چیزی دیگری نبـود. فقـط صـدای غمگین و هراسیده‌اما مهربان خواهرم بود که از فاصله نزدیک شنیده می‌شد. من نمی دیدمش اما احساس می‌کردم که در اطاق ویـا در آن نزیکیسـت و نگـران است و در ذهن وخیالم هم چهره رعنا بود که می‌دانستم منتظرمن است. دوماه تمام درچنان وضعی بـودم. گـاه احسـاس مـی‌کردم که دیگـر زنـده نیسـتم، مـرده‌ام وآن جـا، آن بیمارسـتان و آن اطـاق وآن تخـت و چـادر اکسیژن و دیگر چیزها از آن جهان دیگر و مرگ است. حقیقت این است که ماندن به مـدت طـولانی در چنان وضعیت دشـوار و گـاه غیر قابـل تحملی انسان را گرفتار بسیاری از ناراحتی‌ها و خیال‌ها می‌کند. اما هر چه بود. من ماندم و گذراندم وبه زیستنم ادامـه دادم و در اوایـل سـومین مـاه

آسیب دیدنم بود که از چادر اکسیژن بیرونم آوردند وتوانستم هـوا را، اطرافم را، خواهرم ودوستانم را وآسمان وآفتاب را ببینم. اما تک سرفه‌هاو تنگی نفس و ذرات خون همراه با خلط سمی و چرکین ادامه داشت. وقتی بعداز سرفه‌ها لکه‌ها و دانه‌های ریز خـون را بـر دسـتمال سـفید می‌دیـدم، زندگی برایم معنی دیگری می‌یافت. گذر تلخ روزهای زنـدگی و فاصـله نزدیک خود رابا مرگ وهر آن غلبه وتسلط آن را احساس می‌کردم.کم کم قبول کرده بودم که مرگ آن قدرها هـم وحشـتناک وبـد نیسـت. بـی حسی و نیستی مطلق، تجزیه و تغییر شکل و دگرگـونی کاملیسـت کـه در پایان هر زندگی و بودنی روی می‌دهد و باید هم باشد. چون زندگی همین است،هستی از نیستی ست و هیچ چیز جاودانه وابدی نیست. جز عشق کـه فکر می‌کنم جوهر وروح و حقیقت زندگیست. تنها چیزیست که جاودانه است و همین عشق وانتظار مرا به ماندن وبودن وزندگی وا می‌داشت. مدام با خود می‌گفتم که باید بمانم، من بایـد زنـده بمـانم چـون رعنـا منتظرمن است.

ومن ماندم و در اواخر سومین ماه به توصیه پزشگان همراه خواهرم بـرای مداوای کامل و اساسی بـه المـان رفـتم ودر بیمارسـتان دانشـکده پزشـکی هامبورگ بستری شدم.

مداوای من ماه‌ها طول کشید. در اواخر دومین سال بستری بودم بـود کـه پزشگان مداوا را کامل دیدند واز بیمارستان مرخصـم نمودنـد امـا بـا ایـن توصیه که هر شش ماه باید به یک مرکز پزشکی دانشگاهی برای کنترل

و آزمایش بروم و نتایج آزمایش‌ها را به بیمارستان هامبورگ بفرستم. و من به زادگاهم برگشتم.

٤

مهمانخانه ساحلی ایوار پیر باساختمانی آجری سه طبقه وپنجره‌های چوبی آبی رنگ رو به دریاچه وصخره‌های ساحلی در شیب ملایمی نزدیک دریاچه قرار داشت. بسیار دنج وپر صفا با چشم اندازی زیبابود واز هر یای بندر دیده می‌شد.

من نخستین بار این مهمانخانه و صاحبش ایوار پیر را بیست وچهار سال پیش وقتی که هنوز دوازده سال بیشتر نداشتم دیده وشبی را در آن با ترس وغم گذرانده بودم که خاطره آن و دیدار پنهانی با پدرم همیشه همه وقت در یاد و خاطرمن است.

به یاد دارم، نزدیک عصر بود ساعتی مانده به غروب که مادرم کیف حاوی وسائل پدرم را بدستم داد. سفارش‌هایش را دوباره تکرار کرد.شانه‌هایم را به محبت میان دستانش فشرد و مرا راهی این مهمانخانه ساحلی کرد.

مادرم زنی زیبا بود . قامتی متوسط داشت، صورتی گرد واستخوانی و چشمانی سبز به رنگ برگ که وقتی نگاهت می‌کرد نمی‌توانستی تحت تاثیر نگاهش نباشی و دنیایی از عشق و محبت را همراه با غمی ناآشنا اما تیره که در رنگ نگاهش موج می‌زد نبینی و حس نکنی. من آن را در عصر روزی که کیف وسائل پدرم را به من سپرد و مرا راهی همین مهمانخانه کرد دیدم و فهمیدم. قرار بود مادرم همراه با من بدیدن پدرم بیاد اما نتوانست. از کنترل پنهان و آشکار ماموران نگران شد وترسید که محل پدر لو برود. با وجود این که خیلی دوست داشت و می‌خواست و تلاش کرد اما نتوانست. فقط اشک هایش را به من سپرد و این که به پدر بگویم دوستش داریم. نگران ما نباشد.

آن روز عصر مادرم مرا تا نزدیکی‌های ایستگاه اتوبوس ها آورد و مینی‌بوس آبی رنگی راکه در مسیر این محل رفت وآمد و مسافرکشی می‌کرد نشانم داد و گفت:

- نرسیده به روستا سرجاده‌ی شنی باریکی که به ساحل دریاچه ومهمانخانه ساحلی می‌رود بگو راننده نگه دارد. حواست جمع باشد به کسی چیزی نگویی. راننده اگر پرسید بگو برادرم کارگر مهمانخانه است. نزد او می‌روم.

و بعد کلاهم را بالای سرم مرتب و لبه آن را کمی پایین کشید و یقه بالا پوشم را مرتب کرد و گفت:

- حالا تمام امید من به توست. من می‌دانم که تو پسر شجاعی هستی برو این ها را به پدرت برسان. به پدرت نشان بده که بزرگ شده‌ای برو.

بعد گریه‌امانش نداد. شانه‌هایم را میان دستانش فشرد. همراه با خواهرم رفت دورتر زیر درختی در سمت دیگر خیابان ایستاد و منتظر ماند که من سوار شوم و خواهرم که کنارش ایستاده بود با نگاهش به من قوت قلب می‌داد و من با حالتی نا آشنا وگنگ سوار مینی بوس شدم و مینی بوس راه افتاد.

گفتم. مادرم زن زیبا بود. او عاشق پدر بود. پدر هم عاشق او. پدرم وکیل دادگستری بود و اهل کتاب واندیشه در روزهای آرامش قبل از اینکه خانه مان را وارسی و نوشته‌ها و کتاب‌های پدرم را توقیف کنند و پدرم با دیگر همفکرانش فراری شود. دیده بودم که پدرم چقدر عاشقانه مادرم را دوست داشت و چه عشقی بین آن‌ها بود.

شامگاه خورشید غروب کرده بود که مینی بوس کنار جاده باریک شنی اما سبزی که به ساحل دریاچه و مهمانخانه منتهی می‌شد نگه داشت و من پیاده شدم. جاده خلوت بود و خورشید در حال غروب وترسی غریب از نا آشنایی با محیط بر دلم نشسته بود. چند لحظه‌ای غریبانه با ترس اطراف را نگاه کردم.کسی در اطراف نبود. چمدان پدرم را برداشم و راه افتادم. با وجود سنگینی چمدان که حمل آن برایم سنگین و دشوار بود. عجله داشتم که زودتر برسم. برای همین با همان شتابی که داشتم گاه که خسته می‌شدم نمی‌ایستادم. چمدان را روی زمین می‌کشیدم وقتی به مهمانخانه رسیدم. نفس نفس می‌زدم. خسته شده بودم. در انتهای سرسرای مهمانخانه نزدیک پله‌ها، میز بلند پذیرش بود و مردی با سبیل های سفید و پهن و موهای سپید پشت آن نشسته مشغول کار و رسیدگی به دفاتربود. از لحظه‌ای که وارد شده بودم، نیم نگاهی به من داشت. چند لحظه‌ای کنار در ورودی ایستادم. اولین بار بود که چنین محیطی را به تنهایی می‌دیدم. همه چیز برایم نا آشنا بود. مات و متحیر و شرمزده نمی‌دانستم که چه بکنم؟ یاد حرف های مادر افتادم که گفته و تاکید کرده بود که رسیدی، نزد صاحب مهمانخانه برو و خودت را معرفی کن. بعد از کمی که خودم را یافتم. نزدیک رفته جلو میز پذیرش ایستادم. مرد که متوجه من بود. چمدان و سر وضع مرا با

نگاهی دقیق برانداز کرد و بعد چشم توی صورتم دوخت. بریده و با لکنت سلام کردم. جواب سلامم را با مهربانی داد. گفتم:

-   من اومده‌ام بابامو ببینم. چمدان بابامو آورده‌ام. منو مامانم فرستاده. خودش نتونست بیاد. گفتند بیام نزد شما.

مرد که با اشتیاق و نگاهی پر از محبت و تحسین اما کمی متعجب چشم به من دوخته بود گفت:

-   آفرین، آفرین، آفرین پسر خوب. اسمت چیه؟

اسمم را گفتم و بعد اسم بابام را پرسید. نام او را هم گفتم. نگاهی به اطراف انداخت و بعد گفت:

-   اما متاسفانه الان بابات این جا نیست، رفته بیرون. یکی دو ساعت دیگر برمی‌گرده. تو باید منتظر بمانی. بهتر است در اطاق او استراحت بکنی تا او برگرده.

بعد کلید اطاق شماره هشت را از پشت سرش از تابلویی که کلیدهای زیادی آویزان بود برداشت و آمد دست مرا گرفت و خواست که چمدان را بردارد. یاد حرف های مادر افتادم که سفارش کرده بود که بسته پول و چمدان را به جز پدر به کس دیگر ندهم و نگذارم کسی دست بزند. گفتم:

-   نه خودم می‌آرم.

خندید و گفت:

- بسیار خوب بردار برویم.

از پله‌ها شروع به بالا رفتن کردیم. چمدان سنگین بود و بالا بردن آن از پله‌ها دشوار. به زحمت آن را با خود بالا می‌کشیدم.

مرد که تبسمی از تحسین به لب داشت گفت:

- بگذار کمکت کنم. من ایوار دوست بابات هستم.

و بعد گوشه چمدان را گرفت. به طبقه دوم که رسیدیم. جلو اطاق شماره هشت ایستادیم. در را گشود و گفت:

- تو باید این جا منتظر بمانی. این جا اطاق بابات است، دو سه ساعت دیگر بابات برمی‌گردد. بیرون هم نروی. نباید کسی تو را این جا ببیند.

بعد رفت در یک سینی کاسه‌ای سوپ با کمی نان آورد و گفت:

- شامت را بخور و بخواب. وقتی بابات آمد، بیدارت می‌کنم.

و در را بست و رفت. بعد از رفتن او کمی سوپ خوردم. زیاد اشتها نداشتم. بغض گلویم را گرفته بود. دلم می‌خواست در خانه یمان بودم. مادر گفته بود مراقب بسته‌ی پولی که در جیب بغل بالا پوشم گذاشته بود و چمدان وسایل پدر باشم. آن‌ها را از خودم دور نگذارم و به غیر از پدر به هیچ کس ندهم. چمدان پدر را که کنار تخت گذاشته بودم برداشتم و روی تخت خواب گذاشتم و بغل کردم و چشم بر تاریکی بیرون پنجره دوختم و از ترس و تنهایی آرام شروع به گریستن کردم.

نفهمیدم کی خوابم برده بود. نزدیک سحر ایوار مدیر مهمانخانه بیـدارم کرد و گفت:

- بیدار شو بابات آمده، می‌خواهد تو را ببیند.

از صدای و تکان دست او یکه خـورده بیـدار شـدم. فرامـوش کـرده و نمی‌دانستم که همان جا کنار چمـدان خـوابم بـرده است. چشـمانم را مالیدم و نشستم. ایوار گفت:

- بلند شو پسرم، بلند شو برو به صورتت آبی بزن که خوابت بپره.

و بعد اشاره کرد و گفت:

- دستشویی همین بغله.

به دستشویی رفتم. صـورتم را شسـتم بـه موهـایم دسـتی کشـیده و بعد کلاهم را روی سرم مرتب کردم و برگشته چمدان را برداشتم و از اطاق بیرون آمدیم. ایوار درو بست و بعد در حالیکه بـا یـک دسـت چـراغ را گرفته بود با دست دیگر گوشه‌ی چمدان را گرفت و گفت:

- باید به طبقه پایین برویم، به زیرزمین.

از پله‌ها پایین رفتیم. در طبقه پایین بعد از گذشتن از محوطه نسبتا پهن و گشاد و بزرگ وارد راهرو تنگ و تاریکی شدیم و جلو در آهنینی کـه در انتهای راهرو قرار داشت ایستادیم. ایوار چـراغ را کمـی پـایین آورد که قفل در را خوب ببیند. نخست چند ضربه بـا دسـت بـر در زد و بعـد کلید انداخت و در را گشـود. پدرم پشـت در منتظـر بـود. گـویی از قبـل

خبر داشت. وارد که شدم روی دو زانو نشست دستم را گرفت و مرا در آغوش کشید و صورتم را بوسید و صورتش را بر سینه‌ام نهاد و بو کشید. فهمیدم که می‌خواهد اشک‌هایش را پنهان کند. چون وقتی سرش را از سینه‌ام برداشت دیدم چشمانش خیس بودند. گفت:

- چطوری مرد؟

نتوانستم چیزی بگویم. بغضم گرفته بود اما عجیب بود که گریه نکردم. همانطور مات و ساکت و بی حرف نگاهش کردم. چند ماه می‌شد که ندیده بودمش، پدرم برایم همه چیز بود. در آن مدت لاغر و تکیده شده بود. گونه‌هایش گود رفته و دسته‌ای از موهای بالای سرش سفید شده بودند. دلم می‌خواست همانطور نگاهش کنم. او برایم امید و قدرت بود. ایوار سکوت و نگاه مرا شکست و گفت:

- بهتره آماده شوید. قایق منتظره. نیم ساعت دیگر باید حرکت کنید.

پدرم گفت:

- باشه.

بعد دستم را گرفت. خواستم چمدان را بردارم. خم شد و چمدان را برداشت. به اطاق بزرگی رفتیم که دیگر دوستان و همفکران پدرم آن جا بودند. وقتی وارد شدیم. پدرم مرا معرفی کرد و آن‌ها هر کدام با لبخند و نگاه مهربان و پر از تحسین آمدند. دستی به شانه‌ام زدند و احوال پرسی کردند.

نیمکتی چوبی نزدیک پنجره اطاق بود. پدرم گفت:

- آن جا بهتره. بیا آن جا بنشینیم.

بعد از نشستن، پدرم از مادر، از خواهرم و خانه و فامیل پرسید. انگار بیشتر از همه دلتنگ و نگران مادرم بود. همه صحبت و سئوالش در رابطه با مادرم بود. این که چطور است، چه می‌کند؟ در پاسخ پرسشهایش. سفارش و حرف های مادرم را که بارها تکرار کرده و کلمه به کلمه حفظ نموده بودم گفتم. وسایل درون چمدان را یک به یک شمردم. گفتم که مادرم کیک مخصوصی هم پخته و فرستاده، کیک گردویی که شما دوست دارید و سرم را پیش برده و آرام و شمرده گفتم وسطش سینه ریز و سکه‌های طلایش را گذاشته و بعد از جیب بغل بالاپوشم، بسته ی پولی را که مادرم داده و سفارش کرده بود که مراقبش باشم درآورده و گفتم:

- این بسته ی پول را هم مادرم داد. گفتند که به شما بگویم نگران ما نباشید. همه خوبند.رسیدید هر طور شده سلامتی و اوضاع و احوالتان را به ما خبر دهید. دوستتان داریم.

وقتی همه ی حرف های مادرم را گفتم و صحبتم را تمام کردم. چشم به صورت پدرم دوختم. پدرم را در حال دیگری دیدم. لبش می‌جنبید و نگاهش به سوی دیگری بود و اشک آرام از گوشه چشمش می‌جوشید. پشت سر هم می‌گفت:

- اما او سینه ریزش را خیلی دوست داشت.

تا آن زمان پدرم همیشه برای من مفهوم قدرت و استقامت و محکم مثل صخره بود. اما اکنون مثل باران شـده بـود و مـن ریـزش آن را احسـاس می‌کردم. لحظاتی بعد پدرم حال خود را بازیافت. صورتش را به سـمتی دیگر گرفت و نم چشمانش را پاک کرد و بعد رو به من کرد و گفت:

- به مادرت بگو پدر تشکر کرد و گفت خیلی مدیونشم. مرا ببخشـد من مرد خوب و سربراهی برای او و خـانواده نبـودم. امـا حتمـا هـر طور شده به هر وسیله‌ای وضع و حال روز خود را خبر خـواهم داد وقتی سامان گرفتم شما را هم پیش خودم خواهم برد.

بعد دست رو شانه‌ام نهاد و فشرد و گفت:

- برگشتی از وضع اینجا چیزی نگو. با کسی هم صحبت نکن. یادت باشد تمام امید من به توست. تو دیگر بزرگ شده‌ای. حـالا دیگر تو مرد خانه هستی. مراقب مادرت و خواهرت باش و بـه خصـوص مادرت، نگذار زیاد غصه بخورد. می‌خواهم این را بدانی و به همـه بگویی که من همیشه دلم پیش شماست.

پدر این ها را گفت و بعد مرا به طرف خود کشید و سرم را در سینه اش فشرد. احساس کردم که بی صدا از ته دل می‌گریست.

هوا رو به روشنی نهـاده بـود کـه چنـد ضـربه بـه در زده شـد و ایـوار بـا فانوس روشن در دست تو آمد و گفت:

- وقت حرکته.

پدرم بلند شد و پالتوش را پوشید و بسته ی پول را در جیب بغلش گذاشت و دست برد چمدان را برداشت و نگاهی به دوستانش انداخت. آن‌ها هم لباس پوشیده و وسایلش را جمع کرده‌اماده بودند. ایوار اشاره‌ای به من کرد و گفت:

- بهتر نیست او این جا بماند؟

پدرم گفت:

- اگر اشکالی نداشته باشد می‌خواهم تا اسکله همراهم بیاید.

ایوار راه افتاد و دیگران پشت سر او، از اطاق بیرون آمدیم و بعد از گذشتن از راهرو از چند پله بالا رفتیم و وارد محوطه حیاط پشت مهمانخانه شدیم. ایوار رفت رفت دری را که به بیرون از محوطه باز می‌شد گشود و فانوس را چند بار حرکت داد و بعد آن را خاموش کرد و پشت در کنار دیوار گذاشت و اشاره کرد که برویم. راه افتادیم. دیگران جلوتر می‌رفتند و من و پدرم پشت سر آن‌ها. پدر دستم را گرفته بود و هر از گاه نگاهی به صورتم می‌انداخت. در نگاه‌هایش چیزی بود که نمی‌شد بیان کرد. نوعی دوست داشتن و شاید هم غم و حسرت. به لنگرگاه که رسیدیم. قایقی کوچک منتظر بود. راننده قایق مرد جوان لاغر اندامی بود که کلاه پشمی سیاهی به سر داشت و آن را تا روی گوش‌هایش پایین کشیده بود. اشاره کرد که سوار شوند و بعد کمک

کرد که یک به یک همه سوار شوند. پدرم آخرین نفری بود که سوار می‌شد. باز مرا بغل کرد و سرم را در سینه اش فشرد و بوسید و گفت:

- حرف‌هایی که گفتم یادت نرود به مادرت بگو حتما نامه می‌نویسم.

و بعد روی کرد به‌ایوار و گفت:

- مراقبش باش عمو.

ایوار سر تکان داد و گفت:

- خاطر جمع باش.

پدر سوار شد و قایق حرکت کرد در حالی که پدرم نگاه پر از حسرت و اندوهش را به صورتم دوخته بود. چیزی می‌گفت که من دیگر نمی‌شنیدم. اما اندوه نگاهش را هنوز هم حس می‌کنم. بعد از رفتن پدرم ایوار گفت:

- بیا برویم.

گفتم: نه.

خواست دستم را بگیرد. دستم را کشیدم و چند قدم پیش رفتم، نزدیک لبه‌ی دیواره سنگی اسکله ایستادم و چشم بر انتهای دریاچه دوختم. قایق دیگر از نظر ناپدید شده بود. ایوار نزدیکم آمد و گفت:

- آن‌ها دیگر رفتند. بیا برگردیم.

ناگهان بغضم ترکید. روی زمین نشستم و به صدای بلند های های گریستم. ایوارکه متوجه حال و احساس من شده بود. چند قدم از من دورشد و پشت به من کرد.گذاشت تا من گریه‌ام را تمام کنم. بعد از چند لحظه‌امد بلندم کرد و گفت:

- بیا برویم صبحانه بخوریم. تو باید برگردی. مادرت منتظرته.

به مهمانخانه برگشتیم. میل به صبحانه نداشتم. بعد از نوشیدن چایی و ساعتی انتظار. ایوارمرا تا لب جاده آورد و با همان مینی بوس روانه شهر و خانه کرد.

تا مدتی از پدرم خبر نبود. بعد از گذشت شش ماه روزی نامه‌ای از او که پنهانی فرستاده بود رسید و خبر داده بود که سلامت است. مدتی بازداشت بوده و اکنون در یک شهر سرد دور در یک کارخانه چوب بری کار می‌کند. با دیگر دوستانش مجله‌ای درمی‌آورند بنام پیوستگی. اما معلوم بود که از وضع خودش چندان راضی نیست و حال و روز خوشی ندارد. چون چند بار تاکید کرده بود که این جا آن چنان نیست که گفته می‌شد. تلاش دارد که به سرزمین دیگری برود و ما را هم نزد خود ببرد. بعد از آن نامه، دو نامه دیگر در فاصله زمان های زیاد و متفاوت رسید. در آنها هم پدرم از وضع و حال روز خود شکایت کرده بود و نوشته بود که قصد دارد به کشور دیگری برود. بعد از آخرین نامه تا مدتی دیگر از او خبری و نامه‌ای نبود. تا این که روزی

خبر رسید که او همراه دوستش هنگـام فـرار بـه سـرزمینی دیگـر از آن کشور سخت و سرد. توسط مـاموران کشـتی تیـر خـورده و کشـته شـده است . بعد از شنیدن خبر کشته شدن پدر، مـادرم که‌امیـدهایش را از دست رفته می‌دید، شکسته و پریشان شد. تا مدتی غم تلخ مـرگ پـدرم را در درونش نگه می‌داشت و بروز نمی‌داد و چیزی بـه مـا نمی‌گفت وهراز چند گاهی به مکان ومحل هایی که با پدرم یاد و خـاطره داشت می‌رفت. سـاعت هـا در آنجـا بـه تکـرار خاطره‌هـا و یـاد گذشـته‌ها می‌پرداخت و آن‌ها را مرور می‌کرد و چند بار نیز با من به همین جا بـه این مهمانخانه‌امد و در لنگرگاه قدم زد و نگاه به دریاچه و سـرزمین آن سوی دریاچه دوخت و آه‌های سردپر از اندوهش را به بادها سپرد. هفت سال بعد از مرگ پدرم، مادرم توانش را از دست داد، بیمار شد و بعد از چند ماه بیمـاری در سـن چهـل و پـنج سـالگی درگذشـت و مـا را تنهـا گذاشت و این درست زمانی بود که من در سـال آخـر دانشـکده بـودم. مادرم رعنا را دیده بود و رعنا هم او را و در مهمانی شامی کـه دوسـال پیش از مرگش در همین مهمانخانه به افتخار خانواده رعنا بـر پـا کـرده بود. با رعنا بسیارطولانی از همه چیز وهمه کـس صـحبت کـرده و اورا بسیار پسـندیده بـود.از همـان مهمـانی بـود کـه رعنـا بنـدر و مهمانخانـه ساحلی دریاچه را شناخت. مادرم چشـمانی سـبز داشـت. رعنـا هـم چشمانی سبز دارد.

۵

اگـر بگـویم هنـوز هـم بـه او فکـر مـی‌کنم دروغ نگفتـه‌ام. او همیشـه حقیقت ناگفته و پنهان زندگی من بود و هست. من این را درهمان صبح روزی که وارد مهمانخانه ی ساحلی شدم فهمیدم. دردا بعـد از گذشـت این همه سال که همه اش انـدوه وانتظـار بـود. حـالا مـی‌فهمم کـه چـرا درآن صبح از همان لحظه ای که وارد میهمانخانه شدم واز ایوار پیر از وضع دریاچه ورفتن به جزایر وسواحل آن ومسائل دیگر پرسیدم. همه‌ی نگاه‌ها به من دوخته شـد. البتـه ایـوار پیـر از پرسـش مـن تعجب نکـرد همـانطورهم دیگـران امـا نگـاهش مثـل نگـاه دیگـر کسـان بخصـوص

قایقرانانی که در چایخانهٔ کوچک مهمانخانه سرگرم گفتگو و نوشیدن چای بودند. ملالت‌گر و متعجب وسرشار از نوعی تاسف نبود. ایوار پیر، من وخانواده مرا خوب می‌شناخت و از آسیب دیدگی من در بمباران وبیماری و آن چه که برمن گذشته بود خبر داشت. می‌دانست که مثل همیشه برای استراحت و گردش و قایق سواری آمده‌ام. امّا او برای چه‌امده ودنبال چه بود؟ معلوم نبود. من از وضع ساحل ودریاچه پرسیده بودم، او هم همین طور. بی آنکه هدف ومنظور مشترکی داشته باشیم. ایوار پیر که وضع هوا ودریاچه را خوب می‌شناخت برای همین وقتی مطابق معمول چون گذشته برای ثبت اسم ومدت اقامتم وگرفتن کلید اتاق نزد او رفتم. بعداز احوال پرسی و تعارف‌های معمولی. از وضع دریاچه و ساحل که پرسیدم و گفتم که برای دیدن پرنده‌ها می‌خواهم به جزیره نزدیک ساحل بروم گفت:

- اصلا خوب نیست آقا. باید تا فرداصبح منتظر بمانی مثل آن خانم نقاش که منتظر است.

نگاهی به سمت محوطه حیاط مهمانخانه انداختم. امّا نتوانستم خوب ببینم و اورا تشخیص دهم. فقط زنی را دیدم در گوشه سمت راست زیر درخت یاسمن نشسته و مشغول نقاشیست. کلید اطاق شماره هشت را که همیشه در آن اقامت می‌کردم از ایوار پیر که‌اماده کرده ودر دست نگه‌داشته بود گرفتم و کیفم را برداشتم وبه طبقه دوم مهمانخانه رفتم.

بعداز استراحتی کوتاه، برای نوشیدن چای وقدم زدن در ساحل پائین آمده و به حیاط سبز وپراز درخت مهمانخانه که سایه سار خنک و مصفایی داشت و در آن وقت نزدیک ظهر اکثر مسافرها برای نوشیدن چای وقهوه وگفتگو به آنجا می‌آمدند، رفتم. برآستانه در حیاط که پا گذاشتم. نگاهم به او افتاد. یکه خوردم. رعنا آن جا بود. آن خانم نقاشی که‌ایوار پیر می‌گفت رعنا بود در سمت راست محوطه، نزدیک پنجره زیر درخت یاسمن، روی صندلی چوبی نشسته و مشغول نقاشی بود. باورم نمی‌شد. دلم می‌لرزید. حالم دگرگون شده بود به در تکیه دادم و ایستادم. نمی‌توانستم آن چه را که می‌بینم باور کنم. باور کردنش برایم مشکل بود. برای لحظه‌ها همان جا کنار در با حالی دگرگون ایستادم و اورا از دور تماشا کردم. باید می‌پذیرفتم، این حقیقت داشت اورعنا بود. آنجا در گوشهء سمت راست حیاط مهمانخانه، نزیک پنجره روی نیمکتی زیر درخت یاسمن نشسته و مشغول نقاشی بود. عینکی طبی تیره به چشم داشت وپیراهنی سفید به تن با شلواری از جنس جین آبی رنگ و روسری نازک صورتی رنگی که به پشت سرش انداخته ودور گردنش گره زده بود.می دانستم که گاه عینک می‌زند. اما نمی‌دانستم که کور شده است واز حوادث ومسائلی که در زندگی برای اودر آن چند سال گذشته روی داده بود، خبر نداشتم. پس از چند لحظه که خودم را باز یافتم نزدیک رفتم وآرام صدایش کردم و گفتم:

- رعنا، رعنا سلام.

با شنیدن صدای من دستش از حرکت روی تابلو باز ماند. قلـم مـو را همراه دستش پائین آورد. سرش را پائین انـداخت، لرزشـی آشـکار در دست و تنش دیده شد و حالت چهره اش تغییر کرد

مقابلش ایستادم وخم شدم وگفتم:

- رعنا منم رای.

و دستم برای دست دادن پیش بردم بـا مشـاهده دسـت و شـنیدن دوبـاره صدا و اسم من سرش را بلند کرد، نگاهش که به نگاهم افتاد یکه خورد و ناگهان با ترس و وحشتی که بر جانش نشسته بود از جایش برخاست. یعنی می‌توانم بگویم وحشت زده پرید و چند قدم خودرا عقب کشید. به دیوار تکیه دادو جیغ کوتاهی کشید که سایر مسافرین نگران به طرف ما برگشته ونگاه کردند . بالکنت و صدای لرزان گفت:

- ن نه، این حقیقت نداره،م مه مگـر تـو، توزنـده‌ای،واقعا توهسـتی رای؟

طرز رفتار ووحشت او از دیدن من برایم تعجب آور غیر قابـل بـاور بـود در حالی که سعی می‌کردم آرامش کنم رنجیده و متعجب گفتم:

- آرام باش رعنا چرا وحشت می‌کنی؟ بله مـن هسـتم، معلومـه کـه زنده‌ام،این چه سوالیست که می‌کنی؟
- آخه مگر، تو، تو کشته نشده‌ای؟

- من کشته شده‌ام!؟ نه، کی گفته؟

از هیجان گریه اش گرفت:

- ولی به من گفتنه بودند، یعنی شنیدم و در روزنامه هم خواندم که تو در بمباران هوایی دشمن همراه شاگردان مدرسه کشته شده‌ای.

- نه من کشته نشدم، من زخمی‌شدم و سال‌ها بستری بودم. تازه به‌این جا برگشته‌ام.

دست و تنش می‌لرزید. لحظه‌ها با حالی دگرگون چشم بر صورت وتنم دوخت و به صورت و تنم دست زد و دقیق نگاه کرد و وقتی از واقعی بودن من مطمئن شد وقبول کرد که من حقیقت دارم، پرسید:

- پس در این مدت کجا بودی. چرا با من تماس نگرفتی؟

- نمی‌توانستم. گفتم که مجروح ودر بیمارستان بستری بودم، حالم خوب نبود. یعنی چطور بگویم، در قسمت مراقبت‌های ویژه بودم و نمی‌دانستم که زنده خواهم ماند ویا نه؟ اما بعداز بهبودی و مرخصی از بیمارستان تماس گرفتم. خانمی که گوشی را برداشت گفت که تو دیگر آن جا نیستی، ازدواج کرده‌ای و رفته‌ای

- آن یک سال بعد از خبر بمباران و کشته شدن تو بود

- ولی من کشته نشده بودم

- من از کجا می‌دانستم.

حالش دگرگون شده بود. گیج وحیران اطراف را نگاه می‌کرد. احساس کردم که بغضش گرفته و در حال انفجار است. خواستم بگویم که بنشیند تا کمی آرام شود که ناگهان بغضش ترکید و با همان حال دگرگون دستم را گرفت و سرش را بر شانه‌ام نهاد و شروع بگریستن کرد. های های گریست. بعد از لحظه‌ها گریستن، چشم بر چشم و صورتم دوخت. به آشکار دستش از هیجان می‌لرزید وطپش تند قلبش را می‌شد حس کرد. گفت:

- من، من اصلا باور ن می‌کنم که تو زنده‌ای و الان این جا هستی، چه شده که به‌این جاآمده‌ای، این مدت کجا بودی، چطوری، خوب هستی؟

دستش را میان دستانم گرفتم وبوسیدم و خواستم که در صندلیش بنشیند و آرام شود و بعد گفتم:

- بله خوب هستم. اما وقتی از دور دیدمت، باورم نبود که کسی را که می‌بینم تو باشی. اصلا نمی‌توانم باور کنم که بعداز این همه سال تورا دوباره می بینم، آن هم این جا؟

لبخندی زد و با آرامشی که یافته بود سرش را بلند کرد و نگاهش را توی صورتم دوخت. نمی‌شد از پشت شیشه عینک حالت نگاهش را خوب فهمید وداشتن عینک به چشم اگر چه به عقیده من نه تنها از زیبایی او نکاسته بود. بلکه به زیبایی او افزوده وتیپ و شخصیت

دیگری هم به او داده بود. اما نقاشی با آن برای من تعجب آور بود. البته بعدا از حرکات دست وسر وصورت وسمت نگاهش فهمیدم که یک چشمش یعنی چشم چپش ناراحت است و چندان خوب و روشن نمی‌بیند. گفت:

- من هم باور ن می‌کنم. هنوز هم گیج هستم، آخه به من گفته بودند تو در بمباران کشته شده‌ای. آخ خدای من این چه سرنوشتیست که من دارم؟

- نه من مجروح شدم

در صندلی روبرویش نشستم و همه چیز را هر آن چه را که اتفاق افتاده وبر سرم آمده بود تعریف کردم وگفتم:

- رعنا، من بعداز بمبارا ن ماه‌ها در بیمارستان بستری بودم. نمی‌دانستم که زنده خواهم ماند ویا نه،حالا هم نمی‌دانم که تا کی زنده خواهم بود. برای همین تماس نگرفتم. چون حاضر نبودم ونیستم و نخواستم زندگی تو را خراب کنم و اگر خواهر هم تماس نگرفت، بخواست و اصرار من بود

- ولی خراب کردی

با گفتن این حرف، دوباره اشکش گرفت. سرش را پائین انداخت و عینکش را در آورد که اشک چشمانش را پاک کند. جای زخم

اطراف چشمانش بخصوص چشم چپش را دیدم و در حالیکه خم شده دقیق به چشمانش خیره شده بودم. پرسیدم:

- چه بر سر چشمانت آمده؟ چه شده؟ کی به‌این جا آمده‌ای و این جا چه می‌کنی؟

لحظه‌ها با همان نگاه مهربانش نگاهم کرد و بعد ازمکثی طولانی گفت:

- چشمم در تصادف اتومبیل آسیب دید. یعنی چند روز بعد از شنیدن خبر کشته شدن تو در بمباران. روز های بدی بود . حواسم جمع نبود خبر کشته شدن تو پریشان و افسرده‌ام کرده بود. فکر وذهنم درست کار نمی‌کرد. عصر روزی که از دانشگاه به خانه بر می‌گشتم. یک لحظه احساس کردم تودرصندلی کناری نشسته‌ای وبا یک حالتی که نمی‌توانم خوب توصیفش کنم، نگاهم می‌کنی. یکه خوردم. دوباره که نگاه کردم. اول محو وبعد دوباره ظاهر وپیدا شدی. این بار دستت را روی دستم حس کردم. ترسیدم، قلبم فرو ریخت و کنترولم را از دست دادم وبا جدول کنار اتوبان بر خورد کردم و ماشینم واژگون شد. دست وپهلو و چشمانم بخصوص چشم چپم آسیب دید. دو هفته‌ای در بیمارستان بستری بودم. بعد مرخص شدم ودر خانه به استراحت پرداختم. کشته شدن تو برای من غیر قابل باور بود. به قلب و روحم آسیب زده

بود. بعداز آخرین تماس تلفنی که با هم داشتیم. توقول داده بودی که کارهای تازه ات را برایم بفرستی. اما دیگر ازتو خبری نشد. چند بار به همان شماره‌ای که داده بودی زنگ زدم اما کسی بر نداشت. به منزلتان در اورمیه هم که زنگ زدم. آن جا هم کسی جواب نداد و هر چه تلاش کردم نتوانستم با تو ویا با منیژه خواهرت تماس بگیرم. نگران بودم و یک احساس بدی بر دلم نشسته بود. تا این که خبر بمباران شهر سردشت وکشته شدن تورا شنیدم. البته روزنامه‌ها هم نوشته بودند. فروزان هم زنگ زد وگفت و بعدا هم روزنامه‌ها را همراه با نامه برایم فرستاد. تمام روزنامه‌هاخبر حمله هوایی به یک مدرسه وکشته شدن شاگردان و معلم‌های مدرسه را نوشته بودند و اولین اسمی را هم که نوشته بودند اسم تو بود وبعد اسم دیگر معلم‌ها و شاگردان مدرسه

- ولی آن حقیقت نداشت

- من چه می‌دانستم. با شنیدن خبر کشته شدن تو در بمباران حقیقتش من نیز مردم. برایم غیر قابل باور بود. همه اش می‌گفتم آخه قرار بود او بعداز سربازی بیاید این جا؟ چند روز به غصه وگریه گذشت و بعداز تصادف وآسیب دیدن چشمانم بیمار و افسرده شدم. دیگر آن رعنا قبلی نبودم. همه چیز اهمیتش را برایم از دست داده بود. دنیا بی ارزش وزندگی برایم بیهوده شده بود و

مدام از خـودم می‌پرسـیدم. چـرا چنـین شـد؟ چـرا بایـد او کشـته می‌شد؟ این جنگ چیسـت؟ بابـام بیـش از همـه همـدم مـن بـود. پیرمرد کاملا احساس مرا فهمیده بود وهمدم غـم و تنهـاییم شـده بود. ساعت‌ها با هم صحبت می‌کردیم. او کـه یـک نظامی بـود، سـعی داشـت جنـگ و مسـائل و مشـکلات واثـرات آن را بـرایم تشریح کند. اما برای من همیشه یک سوال بی جواب بـود. چرا مردم بی دفاع شهر وروستا؟ چرا بچه‌های مدرسه ویک شـاعر کـه سرباز معلم شده بود باید قربانی شوند؟ همه اش می‌گفتم وسـوال می‌کردم که آن‌ها که هیچ نقشی در این جنگ نداشتند. چـرا بایـد کشته می‌شدند؟اگر جنگ است آن‌ها چرا؟ بابا می‌گفـت. جنـگ کور است. این مسائل را نمی بیند.آن شهر وآن مدرسه قسـمتی از آن سرزمین ومعلم وبچه‌های مدرسه هم جز مـردم آن کشـورند. وقتی جنگ می‌شود همه سهیمند. ولی مـن نمی‌توانسـتم بپـذیرم و قانع نمی‌شدم تا این که بعـداز گذشـت مـدتی یـک روز مـدیر و صـاحب نگارخانـه‌ای کـه مـن بـا او همکـار می‌کـردم و دوسـت خانواده ما بود واز وضع من با خبر شده بود. بدیدنم آمـد. بـا هـم زیاد صحبت کردیم. از من می‌خواسـت کـه دوبـاره بـه سـرکارم بر گردم ودر اداره نگارخانه کمکش کنم. ولی من قبول نمی‌کردم. می‌گفتم حوصله وآماد‌گی کار را ندارم ولـی او اصـرار داشـت و

می‌خواست من دوباره شروع به نقاشی کنم. تا اینکه گفت. حداقل که می‌توانی از جنگ بکشی . اگر با جنگ مخالفی، خوب از جنگ و صحنه‌های آن ومرگ کودکان بکش. این کار که بهتر از نشستن وماتم گرفتن است و تشویقم کرد که برای مخالفت با جنگ وتبلغ علیه جنگ، باید شروع به کار و مبارزه کنم. صحبت‌های او تاثیر خوبی در من گذاشت. فکر وانگیزه تازه‌ای یافته بودم. به او قول دادم که تلاشم را بکنم. بعداز رفتن او، لحظه‌ها فکر کردم. انگیزه و احساس تازه‌ای یافته بودم. با این فکر که کاری را که می‌توانم بکنم نقاشی علیه جنگ است، شروع به کار کردم، در روز چند ساعتی به نگارخانه او می‌رفتم. در نگارخانه ودر خانه کارم شده بود نقاشی وتمام موضوع تابلوهایم جنگ بود . شور وشوق ونبوغ خاصی یافته بودم. بعد ازمدتی تعدادی از تابلوهایم همه را به حیرت انداخت.کارهای تاثیرگذار وفوق العاده‌ای شده بودند ومشتری زیاد داشتند، اما من به فکر دیگری بودم. در تمام جلساتی که به جنگ وفعالیت برای پایان جنگ بود شرکت می‌کردم. تا این که بعد از مدتی با کمک دوستانم نمایشگاهی از کارهای تازه‌ام را در یکی از نگارخانه‌های نزدیک سازمان ملل در نیویورک بر گزار کردم. خیلی مورد توجه قرار گرفت. سر وصدای زیادی کرد. همه بدیدنش

می‌آمدند. فروش ودرآمد خوبی برایم داشت. در همان روزها بود که یکک روز عصر که حال چندان خوشی نداشتم. چطوری بگویم. احساس دیگری مثل یک دغدغه تو درونم بود. در نگارخانه کنار میز ایستاده درخود غرق بودم. که آن اتفاق افتاد.

یعنی او آمد

- چه اتفاقی. کی آمد.

- سهراب نامزدم همان که عین توست

- منظورت چیه؟

- سالن بزرگک نگارخانه به شکل ال بود در انتهای آن در سمت راست دو پنجره کوچک بود که به فضای سبز و محوط پراز گل ودرخت محطوطه شرقی ساختمان ونگارخانه باز می‌شد. میز و محل نشستن من و مهمآن‌ها را در همان جا که محیط آرام وروشن ودلچسبی داشت قرار داده بودند. من در وقت‌هایی که در سالن نگارخانه بودم همیشه همان جا می‌نشستم واگر دوست ومهمانی همراهم نبود گاه به میز تکیه می‌دادم و از پنجره چشم به بیرون به درختها و گلها و رهگذرها می‌دوختم و یا می‌نشستم و می‌نوشتم. آن روز هم که چندان حال خوشی نداشتم. احساس کدری و بیهوده‌گی می کردم. چطوری بگویم نوعی غم. دلم را

می‌فشرد به لبه میز تکیه داده و چشم به بیرون دوخته بودم که صدایی که عین که نه بلکه صدای تو بود گفت:

-   ببخشید.

از شنیدن صدایی که صدای تو بود. تمام تنم لرزید. سرم را که برگرداندم. مرد جوانی را که از قیافه، هیکل همه چیز بسیار شبیه نه؛ عین تو بود. با دوربین عکاسی آویخته به شانه با پاکت بزرگی در دست مقابلم ایستاده بود. از دیدنش که فکر کردم توهستی یکه خوردم. جیغ کوتاهی کشیدم و گفتم:

-   رای!؟

او که متوجه تغییر حالت و وحشت من شده بود مکثی کرد. شرمزده و بریده بریده با ته لهجه ترکی آذری خاصی مثل تو گفت:

-   ببخشید، ببخشید. مثل این که بد موقعی مزاحم شدم ببخشید

با همان حال دگرگون گفتم:

-   نه. مزاحم نشدید. من تو فکر مسائل خودم بودم. آخه شما شبیه که نه عین یکی هستید که من تو فکرش بودم. یعنی نامزدم رای مثل توکه در چنین مواقعی لبخند می‌زدی و سرت را به پائین می‌انداختی وساکت می‌ماندی. لبخندی زد و سرش را پائین انداخت و چیزی نگفت اما در نگاهش یک حالت دیگری بود. برای این که دلجویی کرده و علت مراجعه اش را پرسیده باشم گفتم:

- امرتان را بفرمائید چه کمکی می‌توانم بکنم

گفت:

- من سهراب هستم خانم نجواپور. عکاسم، عکاس خبری. عکسهایی را که از جبهه‌های جنگ گرفته بودم.آورده‌ام ببینید بعد پاکت بزرگ عکسهایش را که در دست داشت مقابلم گرفت. وقتی گفت سهراب هستم. دلم فرو ریخت . قلبم به تپش افتاد. مگر می‌شود دو نفر عین هم وهم اسم باشند. باز به زحمت در حالی که متوجه دگرگونی حال من بود پاکت عکسها را از دستش گرفتم و گشودم. تعداد بیست ودو عکس سیاه وسفید بسیار هنری وحرفه‌ای که هرکدام شرحی دیگر از جنگ وتباهی هستی انسان از جنگ ایران وعراق بود. لحظه‌ها نه دقایق بسیار برای این که حال خودم را باز یابم و کارهای اورا خوب ببینم به عکسها خیره شدم وتمام زوایای آنها را کاویدم و بعد سرم را بلند کردم وبه او که منتظر نظر وعقیده من بود گفتم:

- خیلی خوبند، ای کاش این ها را در جایی در مجله‌ای منتشر بکنید واگر نشد بزرگشان کنید به انداز یک تابلوی سی در پنجاه ویا شصت در چهل ودر یکی از گا لری‌ها به نمایش بگذارید واگر خواستید من کمکتان می کنم. چون مسئله من هم جنگ است.

برای این که او به متوجه تغییر حالت ولرزش دستان من شده وبا نگرانی نگاهش را به صورت من دوخته بود توضیح بدهم گفتم:

- ببخشید. قبلا هم گفتم قیافه، صدا چطوری بگویم همه چیز شما حتی حرف زدنتان شبیه نامزدم رای است. او در بمباران کشته شده. وقتی شما آمدید من در فکر و یاد او بودم

با حالتی دگرگون گفت:

- مسئله‌ای نیست امروزها دیگر همه شبیه هم هستیم. بعد اجازه خواست بنشیند. نشست ونزدیک به سه ساعت باهم در مورد جنگ، عکس، عکاسی، نقاشی ومسائل جهان ودر نهایت هنر وادبیات وخیلی چیز های دیگر صحبت کردیم واین جریان نحوه آشنایی من با سهراب بود

- سهراب !؟

- بله سهراب، کسی که عین تو وهم اسم تو بود.

- بود !؟ مگر حالا نیست؟

- هست ویا نیست نمی‌دانم، برای همین من این جا هستم. او بعد از آمدن به‌ایران. مدتی همراه با دیگر عکاسان وخبرنگاران در جبهه‌های جنگ بود. بعداز تمام شدن جنگ به‌این جا، کنار این دریاچه شور آمد. تعریف این جا را من به او کرده بودم و او با توجه به سفارش و تعریف‌های من به‌این جا آمد. اما دیگر بر نگشت و

حالا من آمده‌ام که پیدایش بکنم. چون نمی‌خواهم اورا هم مثل تـو از دست بدهم.

- بعد چه شد؟

- بعداز آن جلسه و اولین دیدار یک بار دیگر هم آمـد و سـاعتی بـا هم به بحث وصحبت نشستیم. لحن وصدا و طرز صحبت کـردن و عقاید وطرز نگاه کردنش عین تو بود و مـرا جلـب خـود مـی‌کـرد. کـار نمایشگاه کـه تمـام شـد واز نیویـورک کـه برگشـتم. هـراز چندگاه با هم تلفنی صـحبت مـی‌کرد یـم ومعمـولا صـحبتهایمان طـولانی وگـاه یـک سـاعت مـی‌شـد. دو بـار هـم همـدیگر را در نیویورک و واشنگتن دیدیم و چند ساعت با هـم بـودیم. کـم کـم احساس می‌کردم که تو را باز یافته‌ام وآن علاقه‌ای که به تو داشتم دوچندان شده بود و او را که عین تو وهم اسم توبود. جای تو فرض کرده وقبول کرده بودم که کسی چون تـورا دارم. مـرگ تـو زخـم درونم شده بود. احساس می‌کردم که مقصرم وبایـد جبـران کـنم. اومی‌گفت با نیویورک تایمز وچند مجله وروزنامـه قـرارداد بسـته و برای برای تهیه عکس وخبر از جبهه‌های جنگ باید بـه‌ایـران بر گردد ومن هم دوست داشتم که به‌ایران بر گردم واز نزدیک همـه چیز را ببینم در همین روزها بـود کـه بـه مـن پیشـنهاد ازدواج داد. حقیقتش را بخواهی ازدواج در آن زمان ودر آن حال وروز بـرای

من دیگر از مفهوم عشق و زندگی گذشته بود. کسی را که هم اسم وعین تو بود حفظ کنم وازدست ندهم بعد از روزها فکر به تشویق مادرم اما با تردید های پدرم، ازدواج با سهراب را قبول کردم. سهراب دوم را. نه سهراب را. تو رای هستی وهم چنان برای من رای خواهی ماند.

- ولی اسم واقعی من سهراب است.

- بله برای همین اورا قبول کردم. البته این را هم بگویم که مامان وبابام که قبلا تورا دیده ومی‌شناختند وقتی او را دیدند. قبول نکردند که او فردی دیگر یست. گفتند که او تو هستی و داری نقش بازی می کنی و هنوز هم قبول نکرده اند اما من با همه ی شک وتردید که داشتم وهنوز هم دارم قبول کرده بودم وما در یک مراسم بسیار ساده وکوچک خانوادگی با هم ازدواج کردیم در حقیقت نامزد شدیم. جشن عروسی وشروع زندگی مشترکمان را به بعد از بازگشت او از ماموریتش گذاشتیم چون عجله داشت عصر همان روز بعد از عقد وجشن نامزدی به نیویورک برگشت وهمراه با دیگر خبرنگاران وعکاسان راهی ایران شد. اما چیزی که بسیار عجیب و غیر منطقی بود رفتار او در روز ولحظات مراسم عروسی وعجله او برای رفتن بود. بطوری که همه متوجه شده بودند و باعث ناراحتی و گلایه مامان وبابام شد. آن روز او رفتار و

نگاه‌های عجیبی داشت که من هنوز هم علت آن را نتوانسته‌ام بفهمم. ظهر بعداز پایان مراسم رسمی عقد، او مرا با اصرار به کنار رودخانه ی نزدیک محل مراسم عقد برد. خیلی گرفته ومتفکر بود. کلمات وجملاتی که می‌گفت. عین کلمات وجملات شاعرانه تو بود. وقتی علت ناراحتی و بی تابیش را پرسیدم و به طرز رفتارش اعتراض کردم . نگاهش را که حالت دیگری داشت در نگاهم دوخت. بعد با صدای گرفته‌ای عذر خواست و گفت:

- از شوق وهیجانیست که دارم.

بعد نگاهش را به رودخانه دوخت و با دست جریان آب را نشانم داد و غم آلود گفت:

- می‌بینی رعنا همه چیز در گذره، زمان هم مثل آبها می‌گذرد وآبهای زمان مارا می‌برند. من می‌روم، نگران نباش توهم می‌آیی.

این جملات را گفت وطوری نگاهم کرد که تنم لرزید. ترسیدم وگفتم بیا برگردیم و بعد از کمی گردش در کنار رودخانه به خانه برگشتیم وتا شامگاه اگر چه شاد وخندان بود. اما در خودش بود و حال دیگری داشت. شامگاه با عجله گذاشت ورفت. بی آن که حتی دست مرا بفشارد ومن اورا بعنوان نامزد وشوهرم حس کنم. او رفت و قرار بود چند ماه بعد بر گردد. اما برنگشت. تا این که بعد از شش ماه با من

تماس گرفت وخواست که من هم به‌ایران بروم. از صحبت‌هایش پای تلفن معلوم بود که فکر وعقیده وروحیه اش با دیدن صحنه‌های جنگ عوض شده. من هر چه مخالفت ومقاوت می‌کردم، قبول نمی‌کرد. اصرار داشت که من هم به‌ایران برگردم و اگر شد و مایل بودم همراه او به جبهه‌های جنگ بروم. می‌گفت اگر می‌خواهی حس وفکر واقعی برای نقاشی از جنگ را بیابی، باید بیایی وخودت از نزدیک ببینی ولمس کنی. اما من نمی‌توانستم به جبهه‌های جنگ بروم. خانواده‌ام هم مخالف بودند. آخرسر هم قبول نکردم و او هم اعتراضی نکرد. فقط گفت یک چند مدت دیگر برای تهیه عکس همراه خبرنگاران در جبهه های جنگ خواهد ماند. چند ماه دیگر گذشت ومن از او هیچ خبری نداشتم وخیلی نگران بودم. تا این که یک شب به وقت امریکا. به وقت این جا صبح زود می‌شود. بعد از گذشت چند ماه بی خبری، از بیمارستانی که سهراب درآن جا بستری بود تماس گرفتند. کسی که تماس گرفته بود گفت که سهراب در بمباران آسیب دیده و گرفتار موج زدگی شده و در بیمارستان بستریست. خبر آسیب دیدن سهراب آرامشم را بر هم زد. تمام خانواده نگران شده بودند. من تورا در جنگ و در بمباران یک شهر از دست داده بودم وحالا او را هم که عین تو بود از دست می‌دادم. مادر وپدرم با توجه به شدت جنگ موافق بازگشت من به‌ایران نبودند. ولی من اصرار داشتم و می‌خواستم هرطور شده

خودم را به ایران و پیش سهراب برسانم در همین احوال بودم که سهراب زنگ زد و گفت که از بیمارستان مرخص شده و احتیاج به استراحت دارد و باید به توصیه پزشکها در یک جای آرام و ساکتی استراحت کند. هر چه اصرار کردم که برگردد به امریکا قبول نکرد. گفت هنوز دور درمانش تمام نشده وبرای مسافرت با هواپیما احتیاج به موافقت پزشک معالجش است ومن ناگزیر به او پیشنهاد کردم که به ساحل این دریاچه و به این مهمانخانه ساحلی بیاید. چون این جا را قبلا دیده و می‌شناختم. او نخست قبول نکرد، گفت که می خواهد به شمال و به هتلی در مازندران برود اما بعداز چند روز تلفن کرد و خبرداد که به این جا آمده و در مهمانخانه ساحلی بسر می‌برد. گفت چند هفته بعدکه حالش کاملا خوب شد و اجازه و امکان مسافرت با هواپیما را یافت برمی‌گردد به امریکا و من هم چنان منتظر بازگشتش بودم که دو ماه بعداز آخرین تماس و تلفنی که زده بود پست نامه اورا آورد. در نامه‌اش هیچ صحبتی از بازگشت به امریکا و غیره نکرده بود. فقط از دلتنگیش برای من و از محیط این جا و مرگ پرنده‌ها نوشته بود. با خواندن نامه اش فهمیدم که وضع وحالش خوب نیست. نمی‌دانستم که چه بکنم. گیج و بلا تکلیف بودم. بابا ومامانم هم حال خوبی نداشتند. حقیقت این بودکه مهاجرت و از دست دادن موقیعت شغلی واجتماعی و خانه وزندگی و رفاهی که در گذشته در ایران داشتند و غم غربت

ومسائل من با بابام و مامانم را بسیار آزرده کرده بود. کمتر از خانه یعنی آپارتمان کوچکشان بیرون می‌آمدند. مگر برای خرید ویا انجام کاربانکی ویا اداری که آن هم به ندرت پیش می‌آمد. مامان بیشتر در آشپزخانه بود و یا در اطاق نشیمن چشم به تلویزیون داشت و بابام بیشتر در بالکن و یا در مبل کنار پنجره در سکوت و تنهائیش می‌نشست وچشم به درختان محوط مجتمع می‌دوخت و یا مشغول مطالعه بود. کمتر حرف می‌زد. احساس می‌کردم علاوه بر مسائل دیگر مسئله من هم آن‌ها را پیش از حد آزرده ودرگیر کرده. احساس می‌کردم باید مسائل ومشکلاتم را از مسائل و مشغله ذهنی وفکری آن‌ها دور کنم. دراین فکر و گرفتن تصمیم درستی بودم که یک روز عصر بابام که غم و دلتنگی و ناراحتی مرا می‌دید. آمد کنار من نشست وپرسید:

- می‌خواهی چه بکنی، قصد نداری بروی؟

از سوالش تعجب نکردم چون پیش از حد با او صمیمی بودم گفتم:

- نمی‌دانم. اما نمی‌خواهم شما ومامان را تنها بگذارم وناراحت کنم.

پرسید: چرا ناراحت کنی؟

گفتم : چون می‌ترسم بروم و گرفتار و ماندگار شوم.

پیرمرد که دنیای محبت بود. سرش را طبق عادت همیشگیش پائین انداخت کمی فکر کرد وبعد گفت:

- می‌دانم که اگر بروی ممکنه گرفتار مشکلات شوی و نتوانی به‌این زودی‌ها برگردی. ولی نشستن در این جا وماتم گرفتن هم مشکل تو را حل نمی‌کند. این قسمتی از زندگی توست. پا شو برو بدنبال زندگیت. نگرانی من از همه اش از اینه که تورا ناراحت و نگران می‌بینم. یادت باشه دخترم، هر کس زندگی وسرنوشتش را خودش می‌سازه.

گفتم : بله می‌دانم اما.

حرفم را قطع کرد وگفت:

- تو بالاخره خواهی رفت.پس بهتره که تصمیمت را بگیری و بروی.

نگران ما نباش، ما اینجا ماندگاریم وهستیم. برو بدنبال زندگیت برو نامزدت را پیدا کن و نزد او باش و کمکش کن.

بعد کمی مکث کرد اما گرفته و بغض آلود گفت:

- می‌دانم که اگر تو بروی ما خیلی تنها خواهیم شد و نمی‌دانم که کی باز تورا خواهیم دید؟ اما چاره‌ای نیست.

دست پیرش را روی دستم گذاشت وآن را آرام فشرد وبلند شد که به اطاقش برود، چند قدم بر نداشته برگشت وگفت:

- هفته آینده من برای دیدن یکی از دوستانم به نیویورک خواهم رفت. می‌خواهی بلیط تورا هم برای هفته ی آینده بگیرم؟

گفتم: بله اگر ممکنه .

راه افتاد ومتفکر و گرفته به اطاقش رفت و از آن به بعد تا روز حرکت ما به نیویورک، تبدیل به حضوری بی کلام شد. بیشتر لحظه‌ها وگاه ساعات بسیاری از روز را در ایوان کنار میز چای خوری که بیشتر میز مطالعه اش بود، می‌نشست و نگاهش را به انبوه درختان و گلهای زرد وسبز وسرخ وبنفش محوطه مقابل آپارتمان وبازی سنجابها وپرنده‌ها می‌دوخت.کنارش که می‌نشستی، فقط نگاه سرد وبی رنگش را می‌یافتی. وقتی به درون آن چشمان پیر وخسته اش خیره می‌شدی. اندوه وغم دیرین و کهنه وسنگین غربت را می‌یافتی که سرد وسنگین نمایان بود. زندگی و گذر سخت آن در غربت وتنهایی کار خود را با او و مادرم کرده بود.ولی من متوجه نبودم وهمه اش به مسائل خودم می‌اندیشیدم وغرقه درآن‌ها بودم.

یک هفته بعد همراه بابام به نیویورک آمدیم تا من از آنجا به لندن پرواز کنم. مادرم اگر چه غمگین و ناراحت بود اما مخالفتی نکرد. فقط با اشکهایش مرا بدرقه کرد. انگار بابام با او خیلی صحبت کرده بود.بابام هم در طول سفر تمام آن چند ساعتی که در هواپیما کنارم نشسته بود کمتر صحبت می کرد. فقط با اشتیاق نگاهم می کرد. وقتی به نیویورک رسیدیم در سالن انتظار تا رسیدن وقت پرواز کنار من ماند هر چه از او خواستم که برود. گفت که عجله‌ای ندارد. از یک ساعت مانده به ظهر

که به نیویورک رسیده بودیم تا ساعت هفت بعدازظهر وقت پرواز من به لندن کنارمن ماند.بیشتر من بودم که حرف می‌زدم. اوفقط گوش می‌کرد و نگاه مهربانش بر چشم وصورت من بود. رنگ وحالت نگاهش چیز دیگری بود. انگار می‌خواست تمام چهره و وجود مرا درذهنش ثبت کند انگار احساس کرده بود که دیگر مرا نخواهد دید در تمام آن چند ساعت که در فرودگاه کنار هم بودیم در بین صحبتهایش همه اش تاکید می‌کرد که نگران آنها نباشم. می‌گفت:

– دخترم بهتره بفکر زندگی خودت باشی، ما عمرمان راکرده‌ایم. تو باید مراقب خودت ونامزدت باشی.

هنگام خداحافظی وقتی مرا درآغوشش فشرد. نم چشمانش را دیدم. هرگز بابام را آن چنین ندیده بودم و بعدها فهمیدم که دیدار با دوستش در نیویورک بهانه بوده، او اصلا برنامه‌ای برای دیدن دوستش در نیویورک نداشته. فقط می‌خواسته تا نیویورک مرا همراهی بکند و بعد از پرواز من ساعتی بعد او هم برگشته بوده.

– سرت را درد آوردم نه؟

– نه.

ساعت هفت صبح روز بعد به تهران رسیدم و بعد به ارومیه پرواز کردم و یک راست به‌این جا آمدم. الان دو روزاست که‌این جاهستم. فکر می‌کنم هر آنچه را در مورد خودم وزند‌گیم وحوادث و اتفاقاتی که

برایم روی داده بود و باید می‌گفتم، گفتم . این حکایـت و سرنوشـت من بودآقا. می‌بینی چندان هم جالب وشرین نیست.

مـات و متحیـر همـانطور نگـاهش می‌کـردم. نمی‌دانسـتم چـه بگـویم. درمانده بلند شدم کنار درخت یاسمنی که در سـایه اش نشسـته بـودیم ایستادم وبعد به آن تکیـه دادم و چشـم بـه دوردسـت دوختم. احسـاس می‌کردم که مقصر اصلـی مـن هسـتم. مـن اگـر در همـان روزهـای اول درست تصمیم گرفته بودم. شاید سرنوشت ما این چنین نمی‌شـد واین اتفاقات برای او ومن روی نمی‌داد. احساس گناهی آمیخته با شرم از این که تمام زندگی و سرنوشت او وخودم را ندانسته خراب کرده‌ام. تمام وجودم را فرا گرفت و عرق سردی بر پیشانیم نشسـت. مرتـب زیـر لـب می‌گفتم. چرا چنین شد؟چرا این همه آسیب دیده‌ایم؟خـدای مـن، مـن چه کرده‌ام؟ دختری به آن شادابی و زیبایی اکنون زنی خسته و غمگین می‌نمود. همانطور که نگاهش می‌کردم دسته‌ای از موهایش را که روی پیشانیش و صورتش افتاده بود با دست کنار زد. دیدم با وجود آن همه ناراحتی وزخم و آسیب‌هایی که متحمل شده هنوز ملاحت و طـراوت وزیبایی را که خاص او بود و من هر گـز در هـیچ زن دیگـری ندیـده‌ام حفظ کرده است. از حرکات وگرمای نگاهم احساس و توجـه مـرا بـه خودش فهمید. سرش را با همان وقار همیشگیش بلند کرد، لبخند زد و گفت:

- چی رای؟

گفتم: چیزی نیست.

گفت: پس آن جا نه‌ایست، بیا بنشین.

برای این که فکر وذهن وخاطره‌ها ی تلخ را عوض کنم، پرسیدم:

- یادته چرا مرا رای نامیدی؟

گفت: نه.

گفتم: ولی باید یادت باشه. سعی کن بیاد بیاری.

گفت: نه من از روزی که تورا شناختم برایم رای بودی و هنوز هم هستی.

گفتم: ولی من خاطرم هست وخوب بیاد دارم.

گفت: چطور؟

گفتم: اگر یادت باشد اواخر بهمن ماه بود تازه‌امتحانات ترم اول دانشکده تمام شده بود. فکر می‌کنم حدودساعت ده صبح بود، هوا سرد ابری وبرفی بود و ما ناگزیر در گوشه‌ای از بوفه دانشکده کنار هم دور میزی نشسته بودیم وبا هم از هر چه وهمه چیز صحبت می‌کردیم. از هنر وادبیات، از سینما و مشکلات هر روزه جامعه. از همان حرف‌ها که همیشه می‌زدیم. علی محرابی خواست که من متنی را که در تحلیل داستان بوزینگان وکرم شبتاب ومرغ حق خوان کلیله ودمنه نوشته بودم بخوانم و من با اصرار شما ها مقاله‌ام را خواندم وخلاصه داستان را شرح

دادم و از سرنوشت بوزینگان و کرم شبتاب و مرغ حق خوان گفتم و در پایان نقل داستان از کلیه و دمنه گفتم.

- رای گفت.

شما ها همه تان به خنده گفتید: سهراب گفت.

بعد مهستی گفت:

- بر سهراب همان رفت که بر رای و مرغ حق خوان رفت.

گفتم : ولی.

فروزان گفت: کلاس ادبیات و کلمات قصار تمام نشد.

تو بلند شدی و کیف و کتاب‌هایت را بر داشتی و گفتی:

- خوب رای برویم.

از آن به بعد دیگر کسی در دانشکده مرا سهراب صدا نزد. شدم رای. رایی که در آتش عشق رعنا بسوخت.

سکوت کردم و او بعد از لحظاتی سرش را بلند کرد و پرسید: سوختی؟

گفتم : تو بهتر می‌دانی

قلم موهایش را تمیز و خشک و وسائلش را جمع کرد و بست و بلند شد و گفت:

- خوب رای برویم.

پرسیدم : کجا؟

گفت:

- ساحل. می‌خواهم در ساحل قدم بزنم. می‌خواهم آن جا را خوب ببینم آن دهکده را که در دامنه کوه است و روبرویش آن بیشه زار.

دور و آن جزیره را و جایی را که شاید سهراب رفته ...

پرسیدم: می دانی کجاست؟

گفت: نه ولی پیدایش می‌کنم.

از محوطه ی میهمانخانه که بیرون آمدیم به جای این که از باریکه راه رو به ساحل برود. راهش را کج کرد و از میان زمین سنگلاخ ناهموار پوشیده از علف وشن و گلهای آلا له وشفایق ریز ودرشتی که تمام سطح زمین‌های نزدیک ساحل واطراف میهمانخانه را پوشانده بودند شروع به رفتن بطرف ساحل کرد.

پرسیدم: از این جا چرا؟

گفت : نزدیکتره

طوری قدم بر می‌داشت که گل‌ها وعلف‌ها را زیر پا له نکند. من هم که کنار و هم پای او بودم، سعی می‌کردم که مثل او پا روی گل‌ها وعلف‌ها نگذارم. همانطور که نگاهش را به ساحل و دریا دوخته بود گفت:

- می‌دانی این چند روز که‌این جا بودم.گاه به یاد شعرهای تو می‌افتادم. بخصوص شامگاه دیروز که ماه روی دریاچه بالا آمده

بود. ماه ودریاچه و این گلها،منظره زیبای عجیبی داشتند. ای کاش می‌بودی و می‌دیدی. درست مثل فضا ومحیطی بود که در شعرهای کتاب کولی ات. ماه ودشت ودریاچه را تصویر کرده‌ای. بعد فکر کردم که تو این ها را زیاد دیده‌ای و برای تو دیگر تازگی ندارند گفتم:

- نه آن‌ها همیشه برای من تازه اند. من همه وقت در هرلحظه در آن فضا و با یاد گذشته‌ها وخاطره‌ها بسر می‌برم.

با تعجب گفت:

- یاد گذشته‌ها وخاطره‌ها!؟

گفتم:

بله یاد گذشته‌ها. خاطره‌ها . یاد همه کس و همه چیز سرش را به علامت تاسف وبیهودگی تکان داد و بعد ایستاد ونگاهش را از پشت عینک در نگاهم دوخت وگفت:

- نمی‌دانی رای ، زندگی همه چیز را عوض می‌کند. یک وقتی می‌رسد که یادها هم ارزش خود را از دست می‌دهند. دیگر هیچ چیزی باقی نمی‌ماند. حتی نزدیکترین کس وچیزهایت. تو می‌مانی واین روزگار واین زندگی که هر روز همه چیزش عوض می شود، حتی خودت. یک لحظه به زندگی خودت ومن فکر کن، ببین چه

بر سر ما آمده. من هم مثل تو هستم اما باید حقیقت را بپذیریم.
نمی‌توان همه اش با گذشته و خاطره‌های گذشته بسر برد
حرف‌هایش را که تمام کرد روی بر گرداند و به سرعت راه افتاد. این
بار دیگر مراقب علف‌ها و گل‌ها نبود. پشت سرش راه افتادم و گفتم:

- ولی تو دنبال چیزی آمده‌ای که گذشته ات است.

بی آنکه رویش را بر گرداند گفت:

- نه زندگیم است، اکنونم است. می‌خواهم بدانم دیگر چه شده؟
چه هستم؟ چه خواهد شد؟ اما تو گذشته‌ات را هنوز هم تکرار
می کنی.

- گذشته‌ام را؟

- بله.

- اگر گذشته ی من تویی، مطمئن باش همیشه تکرار کرده‌ام و

- خواهم کرد.

به ساحل رسیده بودیم. ایستاد و نگاهش را در نگاهم دوخت و با مهربانی
گفت:

- ولی من دیگر آن رعنا نیستم رای.

اشکش گرفت. صورتش را بر گرداند. رو به دریاچه رفت و شروع به
قدم زدن در ساحل میان شن و آب و نمک و پر پرندگان کرد. باد
تندی که از سینه مواج دریاچه بر می‌خواست. بر پیکرش می‌پیچد

وتعادلش را بر هم می‌زد. نزدیکش رفتم که درکنارش باشم. موهای صاف بلندش را که باد بر هم زده بود از روی صورتش کنار زد و نگاهش را بر پر پرندگان میان آب و نمک و شن دوخت و زیر لب زمزمه کرد:

- خدایا چقدر پر.

صدای آواز ناله مانند پرنده‌ای تنها که در عرصه دریاچه می‌پیچید توجه‌اش را جلب کرد. یک لحظه به نظرم آمد که پرنده در آسمان دریاچه دلتنگ، جفت خود را می‌خواند و صدا می‌زند. صدای آوازش بسیارغم انگیز بود. نگاهش را مبهوت به آسمان و پرنده ی سفیدی که درمیان ابرهای سیاه و مه نشسته بر سینه دریاچه به زحمت دیده می‌شد دوخته بود. انگار تمام احساس غم پرنده را دریافته و در غم او شریک بود و یا آواز پرنده را می‌فهمید. هم چنان که چشم بر پرنده وابرها وافق دور داشت گفت:

- پرنده مهاجر وقتی تنها بماند می‌میرد.

پرسیدم: منظورت چیه؟

گفت:

- مهاجرت، تنهایی آدم را می‌کشد رای. پرندگان مهاجر هم مثل آدم‌ها هستند. بی جفت و تنها بی کمک وهمراهی دیگران می‌میرند.

نگاه غم آلودش هم چنان بر افق دور وبر سینه ی کبود دریاچه که گاه به آبی بنفش تیره وخاکستری می‌زد بود. کنارش ساکت ایستادم ونخواستم تفکر تنهاییش را برهم بزنم. پرهای آغشته به بلور نمک پرندگان درتمام عرصه ساحل پراکنده بودند. بادی که از سمت دریاچه می‌وزید آزار دهنده بود وآواز ناخوشایند و دلگزایی داشت. ابرهای تیره کم کم تمام پهنه آسمان را می‌پوشاندند و قطرات ریز باران را که باد با خود می‌آورد روی صورت ودستهایمان حس می‌کردیم. دهکده در دور دست، در ساحل شرقی نزدیک تپه‌های جنگلی قرار داشت. اما نمی‌دانستیم راهش از کجاست وچگونه می توان به آن جا رفت؟ سقف گلی وگاه سفالین خانه‌های دهکده از دور دیده می‌شدند. بعداز لحظه‌ها سکوت وتماشای ساحل شرقی برگشت وگفت: سهراب در نامه‌ای که از این جا از این مهمانخانه فرستاده بود، نوشته بود:

- وقتی پرها را شمردی تعدادشان از چهل گذشت. بدان که برای پرنده‌ها اتفاقی افتاده، باید فکری برای نجات آن‌ها کرد.

پرسیدم:

- می‌دانی او حالا کجاست، کجا رفته؟

بی آن که نگاهم کند. گفت:

- نه نمی‌دانم کجاست؟ولی فکر می‌کنم در جنگل باشه. چون در نامه اش از آدم‌های درون جنگل وراز های ناگفتنی آن‌ها نوشته بود

- چه رازهایی؟

- نمی‌دانم انگار فقط او به‌این جا نیامده. دیگران هم آمده‌اند

- دیگران منظورت از دیگران چیه؟

- نمی‌دانم وقتی برای پیدا کردن سهراب به‌این جا آمدم و از ایوار پیر پرسیدم او برایم گفت که کسان دیگری هـم قبـل از او و بعـد از او آمـده انـد. ایـوارپیر بـالاپوش و تعـدادی از وسـائل مهـرداد را کـه در کوره راه نزدیک جنگل یافته بودند به من داد و گفت :

- بهتره بر گردی واز این جا بـروی. اگرچـه مـی‌دانم بـر نمی‌گردی ودنبال او خواهی رفت.

اما من برای پیدا کردن نامزدم آمده بودم. نمی‌توانستم بر گردم

- تو که قبلا ایوار پیر را دیده بودی، چرا خودت را معرفی نکردی

- کجا؟

- همین جا، او همان مرد موسپید، صاحب مهمانخانه و دوسـت پـدرم است که در تابستانی که به اورمیه‌آمده بودید. عصر قبـل از مهمـانی من وتورا با قایق به جزیره برد.

- اوه، بله، یادم آمد

- حالا می‌خواهی چکار کنی؟

- منتظرم که به آن جا بروم.

حرفهایش مرا به فکر واداشت. چه رازی؟ دیگران کیانند؟ چه کسانی آنجا در آن جنگل پای کوه ویا در آن روستای بالای تپه هستند؟ آنجا چه هست؟ چرا رفتن به آن جا خطرناکه؟ نگران شدم و اندیشیدم رعنا به تنهایی چطور وچگونه به آنجا خواهد رفت. اگر خطری او را تهدید کند؟ تنم از این فکرها لرزید گفتم:

-   فـردا ویـا پـس فـردا، هـروقـت کـه هـوا مسـاعد شـدووقتش رسـید می‌رویم. من هم همراه توخواهم آمد.مطمئن باش نمی‌گذارم تنهـا بمانی. می‌رویم و نامزدت را پیدا می‌کنیم.

متعجب اما شاد و دلگرم گفت:

-   واقعا می‌آیی؟

گفتم : بله می‌آیم. حتما هم می‌آیم

باز با تعجب وحیرت بیشتر پرسید:

-   یعنی تو برای یافتن نامزد من با من می‌آیی؟

گفتم:

-   بله واقعا می‌آیم و نمی‌گذارم تنها بمانی.

با نگاهی سرشاراز حیـرت وتشـکر نگاهم کرد. قـوت قلـب و نیـروی تازه‌ای یافته بود .بی هیچ حرف دیگری شادمان ومتفکر برگشـت و در امتداد ساحل به طرف صخره‌های ساحلی رفت. فهمیدم کـه می‌خواهـد تنها بماند. چند لحظه‌ای همان جا ایستادم و دور شدنش را تماشا کردم.

همانطور شادمان ورها قدمهایش را برمی‌داشت و نگـاه و توجـه اش بـه افق دورست بود. بعد از لحظاتی به مهمانخانه برگشتم. در مهمانخانه‌اما تمام نگاه بی کلام ایوار پیر سرشار از سوال بود. او که مردی سپید مـو ودنیا دیده بود. از حالت و معنی خاص نگاهش می‌شد فهمید کـه تمـام رفتار واحساس وداستان مربوط به من واو را می‌دانـد و می‌فهمـد. وقتی پیشش رفتم ومقابلش ایستادم پرسید:

- او را از قبل می‌شناختید؟

گفتم:

- بله، شما هم می‌شناسید. او رعناست هم دانشکده من. همان کـه بـه دعوت خدا بیامرز مادرم با خانواده اش به‌اینجا آمدنـد و شـما مـن واو را با قایق به جزیره بردید.

- چی؟ گفتی ایـن خـانـم نقـاش همـان رعنـا دوسـت و هـم کلاسـی شماست؟

- بله

- چقدر عوض شده!

- نشناختی؟

- نه

- خوب خیلی سختی کشیده، دنبـال نـامزدش آمـده، اگـر خواسـت، کمکش می کنی که نامزدش راپیدا بکنه؟

- بله

- اگر خواهش کنم، موقع رفتن مرا هم خبرمی‌کنی. چون به او قول داده‌ام کمکش کنم و همراه شما بیایم.

- چی !؟ می‌خواهی همراه ما بیایی؟ لابد می‌دانی واز او پرسیده‌ای که کجا خواهیم رفت؟

- بله به تپه‌های جنگلی آن طرف دهکده، همان جایی که وسائل سهراب یعنی نامزدش را پیدا کرده‌اید.

- وسائل نامزد اورا مراد جنگلبان پای درخت چنار نزدیک جنگل پیدا کرده بود ولی معلوم نیست که خودش آن‌ها را آنجا انداخته و یا از کیفش افتاده واو نفهمیده ویا اهمیت نداده ویا این که پای آن درخت مورد حمله ودستبرد قرار گرفته وتمام وسائلش را ازش گرفته‌اند وتعدادی هم آن جا افتاده. هرچه که آن جا پیدا شده باشه، دلیل این نیست که آن آقا، نامزدخانم باید در جنگل ویا در اطراف و حوالی آن جاست

- اگر آن جا نیست، منظورم اگر در جنگل و یا جزیره ویا آن حوالی نیست پس کجاست؟ ما بالاخره نا گزیریم برای اطمینان هم که شده جنگل وجزیره و تمام اطراف آن را بگردیم

ایوار کمی فکر کرد وبعد گفت:

- باشه حالا که تو قصد داری این کار و می‌کنیم. اما قبلا هـم گفـتم که آنجا رفتن اگر خطرناک نباشه برای زنی مثل او دشواره و برای توهم که می‌خواهی با این وضع جسمی و مریضی همراهش بروی. کار سخت ودشواریه آقای من. در ایـن چنـد روز بـه بهانـه خرابـی وضع دریاچه خیلی سعی کردم مانع رفتن او بشوم. اما تـو آمـدی و همه چیز را بهم زدی. باشه حالا که تو می‌خواهی واصرار داری من هم ناگزیرم همراه شما بیایم. اما بدان وباز هم می‌گویم رفتن بـه آن جا خیلی هم راحت وآسان نیست خطراتی هم دارد.

- چه خطراتی. چرا آنجا خطرناکه؟در آن دهکده، آن جنگل‌هـا چـه هست؟ چه کسانی آن جا هستند؟

- در آن دهکده چیزی نیست. اتفاقا آن دهکـده یکـی ازدهکـده‌های آبـاد وخـوب ایـن اطرافـه. آدم‌هـای سـالم وفهـیم و خـوبی داره. جمعیتش هم چندان زیاد نیست. راهش هـم از پشت آن کوه‌هـا از جاده دیگریست. از این جا بخواهی باید با قایق بروی

- پس مسئله چیه؟

- مشکل دهکده نیست. مشـکل غریبه‌هاسـت. آدم‌هـای جنگـل کـه توی جنگل هستند و تا حالا کسی نخواسته ویا نتوانسته میان آن‌هـا برود و همین طور آدم‌های دیگری که بعدا به آنجا آمده اند.

- آدمها، چه آدم‌هایی؟

- زمـان جنـگ وبعـداز جنـگ تعـدادی از آن‌هـایی را کـه مشـکل روحی وروانی داشتند و اکثرا هم موج زده بودند. بـرای اسـتراحت وآرامش و برگرداندن سلامتیشان بـه‌این جا بـه‌این مهمانخانه و به آن دهکده آوردند. یک عده‌ای را دولت آورد. گروهی هم خودشـان آمدند. البته اکثرشان بر گشتند. جز تعدادی از آن‌ها که بعدا آمدند و در اطـراف و درون جنگـل پـائین دهکـده نزدیـک سـاحل و آن جزیره کوچک نزدیک جنگل ماندند وخانـه سـاختند وبرنگشـتند. بعد ها کسان دیگـری هـم آمدنـد. نـامزد ایـن خـانم نقـاش هـم از آن‌هائیست که بعدا آمده. حدود چند ماه نمی‌دانم شاید یک سال پیش. حـالش چنـدان خـوب نبـود. پـی پرنـده‌ها می‌گشـت. گـاه می‌گفت که او روح است و در بمباران کشته شد و گـاه می‌گفـت که گمشده است. بعداز چند ماه از این جا رفت اما نمی‌دانم بـه آن جنگـل رفـت و یـا آن جزیـره نزدیـک جنگـل ویـا بـه آن تپـه‌های جنگلی دور، وقتی این جا آمد. اول فکر کردیم شما هستید. چـون خیلی شبیه شماست. عـین شماسـت، حتـی حـرف زدنـش هـم مثـل شماست. برای همین امروز صبح که شما آمدید همـه متوجـه شـما بودند و نگاهتان می‌کردند.
- پس این طور.
- بله

- کمک می‌کنی که پیداش کنیم؟
- البته که کمک می‌کنم. می‌دانی که من به تو ومخصوصا به خدا بیامرز پدرت خیلی ارادت داشتم و دارم. من نمک خورده خانواده شما هستم. اگر بگویم برگرد برو، شاید ناراحت شوی. من تا آن جا که توان دارم وسنم اجازه بده همراه شما خواهم آمد. اما باید بدانی رفتن به آنجا میان آن‌ها هم چندان هم آسان نیست. باید خیلی مراقب باشی آقای من. خیلی.
- باشه مراقب خواهم بود ودر ثانی شما هم هستید
- بله من هستم و همراه شما خواهم بود ولی من یک پیرمردم
- ولی همه شما را می‌شناسند وشما همه را وهمه جای این دریاچه را می‌شناسید.
- همه جایش را نه. هرگز میان آن غریبه‌ها نرفته‌ام یعنی راهم نیفتاده.
- کدام غریبه‌ها. منظورت مردم محلی جنگل‌های بالاست که می‌گفتی؟
- بله
- خوب فردا می‌رویم و می‌بینی
- حالا ببینیم فردا چه پیش می‌آید.

۶

امروز دومین روز است که در مهمانخانه هستم. ایوار پیر گفته کـه فـردا می‌توانیم برویم. وسائل و لوازم مورد نیاز برای همراهی با رعنا را آمـاده کرده‌ام و برای احتیاط هم که شده علاوه بر نان وخرمـا وبیسـکویت، پنج بسته شکلات ودوبطری آب بـرای نوشـیدن برداشـته‌ام. اگـر چـه می‌دانم چندان ضـروری نیسـتند ولـی دلشـوره دارم واز اتفاقـات وپـیش آمدهای ناگهانی می‌ترسم. رعنا هم بـی تـاب اسـت. از لحظـه‌ای کـه از

ایوار پیر شنیده که فردا می‌توانیم برویم. به ساحل رفته و چشم بر دریا و جنگل خاموش پای کوه در ساحل شرقی نهاده. باورش نبود که من هم همراهش خواهم بود. وقتی روز پیش در ساحل به او گفتم که در آن جستجو همراهش خواهم بود وتنهایش نخواهم گذاشت. نوعی احساس امنیت کرد و قدرت وتوان دیگری یافت و من احساس رضایت وخوشحالی را در چشم وحرکات او دیدم. انگار از تنها رفتن ترس داشت و علت آن هم این بود که وقتی به‌ایوار پیر گفته بود که می‌خواهد برای یافتن گم کرده اش به دهکده وجنگل ساحل شرقی برود. پیرمرد به او گفته بود که رفتن به آن جا خالی از خطر نیست وسفارش کرده بود که تنها نرود و زیاد هم سوال نکند. اکنون که می‌داند ومطمئن است که من همراهش خواهم بود. دلگرم از همراهی من به ساحل رفته وچشم بر افق دور نهاده. نمی‌دانم به چه می‌اندیشد. از پنجره اطاقم از دور که نگاهش می‌کنم، زنی تنها وعاشق را می‌بینم که برای جستجو آمده. زنی که شایسته همه چیز و همه عشق است. اما من نقش وسهم خود را در این جستجو نمی‌دانم و هرگز فکر نمی‌کردم بعداز این همه سال روزی اورا دوباره ببینم. آن هم در ساحل دریاچه شهر ودیارم و در جستجوی نامزدش همراهیش کنم. گویی زندگی فقط همین است گذرگاهی که ما خود را در آن جستجو می‌کنیم. و من نمی‌دانم آیا این را جزیی از سرنوشتم بدانم ویا یک اتفاق وباز نمی‌دانم

حال که قرار است اورا در یافتن نامزدش همراهی کنم، کار درستی می‌کنم ویا نه؟ اما او در تمام مدت این سال‌ها رویای تنهایی من بوده ودر ذهن وخیال وزندگیم حضور داشته. حال که بعداز سال‌ها دوباره می‌بینمش و کنار اوهستم، احساس می‌کنم که باید آن عشق وحس عمیق دوست داشتن وپرستش را به اثبات برسانم. گویی سرنوشت وتقدیر من همین است ومن ناگزیر به انجام آن هستم.

می‌گویم ناگزیر، به عقیده شما چه می‌توانم بگویم؟ روزی بر اثر یک اتفاق ویا گذار عادی زندگی همان که تصادف ویا برخوردی عادی در گذر هر روزه‌ی زندگی می‌گوییم با او هم دانشکده شدم و بعد آشنا، دوست و دل باخته‌ی هم شدیم وچند سال بعد در اثر انقلاب ومسائل دیگر او ناگزیر همراه خانواده اش رفت ودر غربت ودوری ازدواج کرد ومن ندانستم که در این سال‌ها بر او چه گذشت. دو روز پیش که مثل هربار برای استراحت واستفاده از هوای دریاچه که می‌گویند برای ریه‌های آسیب دیده‌ی من مفید است وهم چنین برای نوشتن وتکرار خاطره‌های گذشته خانواده‌ام، پدر ومادرم که روزهای زیادی را با آن‌ها در این مهمانخانه ساحلی گذرانده‌ام، آمدم. با او روبرو شدم. زنی که نیمه‌ی وجود مرا سال‌ها پیش از من گرفت ومرا از آن خود ساخت. زنی که هرگز روزی از یادش غافل نبوده‌ام.

فردا صبح همراه او می‌روم. باید آن چه را که عشـق می‌نامنـد بـه اثبـات برسانم وبه او بگویم من نیز در این سال‌ها درد بسیار کشیده‌ام واکنون برای هر گونه کمک و فداکاری آماده‌ام. مگـر نـه‌ایـن اسـت کـه او دوست ومحبوبترین موجود زند‌گی من بوده وهست. روزی دختری بود که عشق مرا با خـود داشـت واکنـون زنـی اسـت تنهـا کـه بـرای یـافتن نامزدش که شاید همزاد من است. همراهی مرا مـی خواهـد ومـن بـا او خواهم رفت.

پنجره اطاق را می‌بنـدم. روی تختخـواب مـی‌افتم وچشـمانم را می‌بنـدم. نمی‌خواهم دیگر به هیچ چیز فکر بکنم.

٧

صبح زود هنوز آفتاب ندمیده بود که کیف و دیگر وسائلم را برداشتم وپائین آمدم. ایوار پیر در سرسرای مهمانخانه منتظرم بود. صبح بخیری گفتم و رعنا را پرسیدم. با اشاره سر بیرون را نشانم داد وگفت:

-   آنجاست. بیرون منتظر ماست، خیلی وقته.

گفتم:

-   اگر شما حاضرید. من هم آماده‌ام.

گفت:

-   بله هر چه زودتر راه بیفتیم بهتراست.

بیرون آمدیم. رعنا کنار حوض کوچک حیاط مهمانخانه منتظر بود. کت سرمه‌ای پشمی کلفتی با شلوار جین آبی به تن داشت و شال آبی بلندی به سر نهاده بود. اما عینکش را به چشم نداشت. موهای قهوه‌ای

١٠١

نیمه روشنش از زیر شال آبیش رو پیشانیش ریخته بـود و از دور همـان دختر زیبای سال‌ها ی پیش دوران دانشکده بـود کـه همیشـه هـر روز صبح بیرون ساختمان دانشکده نزدیـک در، کنار نیمکت‌هـا ی خیابـان شرقی منتظر آمدن من می‌ماند و من همیشه دیر می‌آمـدم. انگـار همـین دیروز بود. قامت باریک وبلند و چهره زیبا وصمیمیش را با لبخندی که همیشه به لب داشت هنوز مقابل چشمم دارم. تا از دور می‌دیدمش دلم می‌لرزید وحسی از اشتیاق دیدار ودوستی وعشق تمام وجودم را در بـر می‌گرفت. نزدیکش که می‌رسیدم. پیش از هر حرف وصحبتی نخست نگاه پر از محبتش را با لبخند به صورت و چشمانم می‌دوخـت و سـر و وضعم را نگاه و با دست موهایم را مرتـب می‌کـرد. انگارهمین دیـروز بود.تمـام آن لحظـه‌ها هنـوز وهمیشـه وهمـه وقت در ذهن وخـاطرمن است.اکنون نیز دراین سپیده صبح همان جلوه وحالت ونگاه را دارد و یا من چنین احساسی را دارم. گویی زمان به گذشته بازگشته واو که اکنون نزدیک حوض کوچک کنار صندلی‌ها حیاط مهمانخانه‌ایستاده ومنتظـر ماست، همان دختر دانشجو همـان دختـر رعناسـت کـه در محوطه دانشکده منتظرمن بود. لحظـه‌ای درنگ کـردم تـا خـودم را بـاز یابم.هرچنـدگاه گرفتارچنین تخیلاتی می‌شوم.بعد از لحظه‌ای درنگ و ایستادن ونگاه به پشت سر به بهانه‌این که‌ایوار پیر آیا می‌آید. نزدیک که رفتم نگـاه زیبـا وپر از تشکر و محبتش را در نگاهم دوخت. اما در آن دیگر شور دوران

گذشته نبود. فقط اندوهی گنگ بود که موج می‌خورد. از حس نگاهش که برایم تازگی داشت وهرگز به آن فکر نکرده بودم و تصور آن را هم نداشتم. دلم لرزید وچیزی در درونم فرو ریخت. خوب ودقیق که به صورت وچشمانش نگاه کردم درقسمت بالای چشم چپ آسیب دیده‌اش.جای بریدگی‌ها و زخم‌ها هنوز باقی بود. نگاه مرا که بر صورتش دید. لبخندی زد وبعد عینکش را بر چشمش زد.

گفتم: دیر کردم نه؟

به لبخند گفت:

- خوب تو همیشه دیر می‌کردی. کمی پیش به آقا ایوار گفتم که تو سحر خیز نیستی.

- ولی امروز سحر خیز شدم.

- آره ممنون.

ایوار پیر در را بست و آمد و گفت: برویم.

بعد با دست کوهستان و جنگل دامنه آن را نشان داد و گفت:

- ما به آن جا خواهیم رفت. به مراد جنگلبان همان که وسائل نامزد شما را پیدا کرده بود، سفارش فرستاده‌ام که منتظر ما باشد. او الان منتظر ماست. اگر بخواهیم از میان مزارع و دشت و کوه برویم سخت و طولانی ست. دوساعتی باید راه برویم. خسته می‌شویم. بهتر است با قایق برویم وساحل را دور بزنیم. نظر شما چیه؟

گفتم: هر چه شما صلاح می‌دانید.

رعنا پرسید: مگر به جزیره نمی‌رویم؟

-   آن جا بعدا، اول به آن جنگل سری می‌زنیم، اگر آن جا نبود. به جزیره می‌رویم. البته فکر می‌کنم بالاخره باید به جزیره برویم چون او دنبال چیزهای خاصی بود. پرنده‌ها را دنبال می‌کرد. پرهای آن‌ها را جمع می‌کرد و می‌شمرد ازاین کارها، شما بهتر می‌دانید

رعنا پرسید: پر پرنده‌ها را؟

-   بله.

-   در نامه اش هم از مرگ پرنده‌ها نوشته بود وخیلی چیزهای دیگر آه ...

وقتی رعنا آه سردش را کشید. ایوار پیر نگاه مهربان پر از افسوس و هم دردیش را تو صورت رعنا دوخت و برای دلداری او گفت:

-   غصه نخور دخترم، پیدایش می‌کنیم.

بعد اشاره کرد که به ساحل برویم و سوار قایق شویم.

به ساحل رفتیم. بعداز گذاشتن وسائلمان درون قایق، رعنا در سینه قایق نشست ومن نزدیک ایوار در پشت قایق. ایوار پیر موتور قایق را روشن کرد وراه افتادیم. دریاچه هنوز هم کمی مواج بود. صدای حرکت امواج آب با باد سردی که می‌وزید در آن سپیده دم تنها صدایی بود که از پهنه خاموش دریاچه بر می‌خاست وهمراه با صدای امواج آب،

صدای موتور قایق در سکوت سپیده دم انعکاسی دوچندان می‌یافت. نزدیک طلوع آفتاب بود. امواج نور فلق صبحدم در سینه دریاچه میان دانه‌های بلور نمک وسپیدی کف امواج، انعکاس می‌یافت ورنگ به رنگ می‌شد. کبود، سبز، آبی، زرد و سرخ و بنفش. منظره حیرت آوری بود از رنگ و آب و خاموشی دریاچه و سکوت هیبت انگیز کوهستان‌های ساحل. رعنا که پشت به ما در سینه قایق نشسته بود. عینکش را برداشته وچشم بر رنگ‌های متکثر در سینه دریاچه ومناظر اطراف دوخته بود. می‌دانستم که چه لذتی از آن همه زیبایی می‌برد. بعد از دور زدن ساحل، ایوار پیر قایق را به سمت دو خرسنگ بزرگ که مثل ستون‌های دروازه‌ای میان آب قرار داشتند هدایت کرد. از میان خرسنگ‌های عظیم وبلند که می‌گذشتیم. هیبت جادویی آن‌ها درمیان کبودی آرام دریاچه وساحل خاموش طلسممان کرده ودلهره عجیبی همراه با لذت وتحسین بر دل وجانمان نشانده بود. بطوری که رعنا نتوانست ساکت بماند. متاثر از سکوت وهیبت وهم انگیز سنگ‌ها در آن فضای نیمه روشن صبح و آن زیبایی خاموش. بطرف ما برگشت وگفت: خدای من این جا چطور جاییه؟

گفتم:

-   جایی پر از تنهایی در آشتی نور وآب. رنگ‌ها با سکون و سکوت آب می‌آمیزند و بودن معنی دیگری می‌یابد.

از شنیدن حرف‌هـای مـن خنـده اش گرفت بـه طـرف مـن بر گشـت، دست‌هایش را بهم زد و در حالی که می‌خندیـد و سـرش را از لـذت و شعفی که از حرف‌های من یافته بود تکان داد و گفت:

- تو داری شعر میگویی رای؟آشتی نور و آب، خدای من، این یک شعره، این تعبیر شاعرانه توست. تو همه چیز را می‌خـواهی بـا شعر بیان کنی، آه خدای من.

بازهم خندید و سرش را تکان داد. ایوارپیرهم خندیـد و مـن هـم همـین طور به مقصدرسیده بودیم. ایوارپیر از سرعت قایق کـم کـرد و آن را بـه ناحیه‌ای از ساحل که کم عمق وشنی بود هدایت کرد وبعد موتور قایق را خاموش کرد و چند متر مانده به ساحل بر آب پرید و از طناب نـوک قایق گرفت وکشید و آن را به تنه درخت کنار سـاحل بسـت و کمـک کرد که من ورعنا پیاده شویم وکوله بارمان را بر داریم و راه بیفتیم. بعد از بالا رفتن از شیب تند ساحل در کوره راهی که به سمت جنگل بـود راه افتادیم. به جز چند روستایی که بـا تکـان دسـت از دور بـه مـا سـلام وصبح بخیر گفتند، کسی در آن حوالی نبود.فقط گله‌ای از اسب‌ها بـود در رنگ‌های مختلف، سفید، خاکستری، و قهوهای سرخ. اسب هـایی زیبـا بـا قامـت وسـتون پاهـای بلنـد و یـال ودم افشان کـه در دامنـه ی کوهستان در آن صبح مشغول چرا بودند. رعنا لحظه‌ای ایستاد وتماشا کرد وبعد راه افتادیم. بعداز طی مصافتی نسبتا طـولانی بـه باریکـه راه

نزدیک جنگل در دامنه کوه رسیدیم. درخت چناری درست در کنار سه راهی گذرگاه قرار داشت. که در اثر پائیز و توفان وباد چند روز گذشته برگ‌های زردش ریخته بود. ایوار پیر نخست شک کرد. فکر کرد که راه را اشتباهی آمده‌ایم. نگاهی دقیق به درخت انداخت وبعد دور بر واطراف آن را گشت. وقتی یقین پیدا کرد که درخت همان درخت چنار است. رو به رعنا کرد وگفت:

- این همان درخت چناری است که وسائل نامزدت را زیر آن پیدا کرده اند. بهتراست تا دمیدن آفتاب این جا پای درخت بنشنیم وکمی استراحت بکنیم و لیوانی چای بنوشیم.

رعنا رفت و نگاهی به اطراف انداخت ودست بر تنه درخت کشید وبعد چشم به جنگل و کوره راهی که به جنگل می‌رفت نهاد وآه سردی از ته دل کشید. ایوار پیر که نگاه به او داشت وبا دقت ومهربانی حرکات ورفتار او را می پایید پرسید:

- تو هیچ نگفتی نامزدت برای چه به‌این جا آمد و چرا به آن جنگل رفت؟

- علت به جنگل رفتنش را نمی‌دانم اما علت آمدنش به‌این جا برای آرامش بود، او در میدان جنگ ازموج انفجار آسیب دیده بود و من تشویق و راهنماییش کردم که به‌این جا بیاید تعریف اورمیه و مناظر دریاچه و اطراف آن را قبلا، سال‌ها پیش از رای شنیده بودم و

یک تابستان هم همراه پدر و مادرم به‌این جا آمدیم و شما من و رای را با قایق به جزیره بردید

- بله یادم است. قبلا سهراب خان هم گفته بود. عجب، چه سرنوشت؟

ایوار پیر این را گفت و سرش را به علامت تاسف تکان داد وبعد پرسید:

- حالا می رویم، ولی معلوم نیست که آن جا باشه؟

- اگر آن جا نیست پس کجاست؟ در مهمانخانه که نبود. در دهکده هم اگر بود شما می‌دانستید. پس کجاست؟ نه، نه من می‌دانم سهراب به آن جنگل رفته، این را احساس می‌کنم.

- ولی رفتن خانمی مثل شما به آن جا خوب نیست. می‌دانید تنها خطر حیوانات جنگلی نیست. یک عده آدمهای غریبی هم هستند که توی جنگل زندگی می‌کنند.

رعنا با تعجب پرسید:

- دمهای غریب!؟ منظورتان چیه؟

- آن جا آدمهای متفاوت چه بگویم مختلفی به سر می‌برند. تعدادی که تازه‌آمده اند از آسیب دیده‌های جنگ هستند و با ساکنان قدیمی و اصلی جنگل فرق می‌کنند. در آن جنگل آدم‌های غریبی زندگی می‌کنند که جور دیگری هستند. با ما فرق دارند. مثل اجنه‌ها می‌مانند. رفتن پیش آن‌ها مشکله.

- چرا مشکله، آن‌ها آن جا چه می‌کنند؟
- چه می‌دانم از جنگ برگشته‌ها که بیشتر موجیند. هـوا می‌خورنـد واستراحت می‌کنند. اکثر شان می‌گویند مخالفند. اما آن‌های دیگـر همان آدم‌هـای غریـب نمی‌دانم چـه می‌کنند. مـن آن‌هـا را اصـلا ندیده‌ام.
- گفتی آن‌هایی که از جنگ برگشته اند مخالفند، مخالف چی؟
- مخالفند دیگر. چه می‌دانم مخالف جنگ هستند. همه اشـان آن‌جـا جمع نشده اند. فقط تعـداد کمی از آن‌هـا در جنگـل هسـتند. البتـه شـنیده‌ام اکثرشـان می‌خواهنـد برگردنـد وبرونـد. آدم عاقـل کـه در جنگل نمی ماند آن هم کنار آن آدم‌های غریب.
- در جنگل؟!
- بله گفتم که در جنگل.
- پس در جنگل زندگی می‌کنند؟
- بله زندگی می‌کنند همان کاری که ما می‌کنیم.

رعنا با شادی نگاهش را به صورت من دوخت وبعد برگشت و گفت:

- شاید سهراب آن جا میان آن‌ها باشه. یعنی ممکنه؟

ایوار پیر چیزی نگفت نگاهش را که مملو از تردید وتاسف بود از نگاه ما گرفت و روی برگرداند وچشم بر جنگل نهاد ومشغول نوشیدن چـای شد. من هم که از نگاه وحرکات ایوار فهمیده بودم که پیرمـرد چنـدان

خوش بین نیست ومخالف رفتن رعنا به آن جاست چیزی نگفتم. مشغول نوشیدن چای شدم. رعنا سکوت هر دوی ما را که دید در حالیکه زیر لب زمزمه می‌کرد:

- او آنجاست من مطمئنم.

مشغول خوردن کیک ونوشیدن چای شد و چشم بر دریاچه دوخت. کمی بعد ایوار پیر گفت:

- بلند شوید و برویم ما راه زیادی در پیش داریم. باید اول نزد مراد جنگلبان برویم. کلبه او آن جا دردامنه آن کوه نزدیک جنگل است کوله بارمان را برداشتیم و راه افتادیم. ایوار پیر جلوتر می‌رفت وما دنبالش. باریکه راه کوهستانی پرپیچ وخم وناهموار و شیب آن کمی زیاد وتند بود و در بعضی از جاها، سیلاب جاری از باران قسمتی از آن را شسته و عبور از آن را دشوار کرده بود. من گاه مجبور می‌شدم به‌ایستم و از دست رعنا بگیرم که بتواند خودرا بالا بکشد و بگذرد. ساعتی بعد کنارجنگل به کلبه جنگل بان رسیدیم. مراد جنگل بان مردی قوی هیکل با قامتی متوسط وبسیار خوشرو وصمیمی و مهربان و متواضع بود. از دور که مارا دید. نزدیک آمد. با همه سلام علیک واحوال پرسی کرد. با من که دست می‌داد با حیرت ایستاد ولحظه‌ها خیره به صورتم نگریست. آب دهانش را قورت داد و گفت:

- به من گفته بودند که به دنبال عکاس می‌رویم. مگر شما همان آقای عکاس نیستید؟

گفتم: نه.

با تعجب گفت:

- پس برادر دو قلویش هستید؟

- نه.

- عجیب است، این همه شباهت. من فکر کردم خودش هستید؟

ایوار پیر همراه با رعنا گفت: نه.

بعد دستش را به طرف من گرفت و گفت:

- ایشان سهراب خان پسر خدا بیامرز امیر شاهوردی هستند. من هم اگر از قبل ایشان را ندیده ونمی‌شناختم، همین فکر را می‌کردم. روزی که آقای سهراب همان آقای خبرنگار و عکاس به مهمانخانه‌امد. من و همه نخست فکر کردیم ایشان سهراب خان هستند. اما بعد متوجه شدیم که نه‌ایشان نیستند. برای همین همه از دیدن این دو نفر و این همه شباهت دچار تعجب و حیرت می‌شوند. انگار سیبی را از وسط دو نیمه کرده اند. حرف زدن و حرکاتشان هم مثل هم است.

- بله واقعا باور کردنی نیست. دو آدم مثل هم واین همه شباهت!؟

رعنا رو به جنگلبان کرد گفت:

- روح و فکرشان هم عین هم است.

بعد از مراد پرسید:

- شما سهراب نامزد مرا دیده‌اید. می‌دانید الان کجاست؟

- شما نامزدشان هستید همان خانم نقاش؟

- بله من نامزدش هستم.

- والله تا دو سه ماه پیش، بیشتر می‌آمد و در همین حوالی می‌گشـت. از مهمانخانه یک راست با پای پیاده آن همه راه را می‌آمد این جـا. در ساحل و اطراف جنگل می‌گشـت و خسـته کـه می‌شـد می‌رفت روی آن سنگ بزرگ گرد، آن جا در برآمـدگی سینه کـوه، زیـر درخت سنجد می‌نشست و ساعت‌ها دهکده وجنگل و دریاچـه را تماشا می‌کرد و از جنگـل و پرنـده‌ها و دریاچه عکس می‌گرفت. عصر بر می‌گشت و می‌رفت به مهمانخانه. بعـد هـا کـه بـه جنگـل رفت و با آن‌هایی که در جنگل هستند آشنا شد. دیگر بیشتر وقتش در جنگل می‌گذشت. یک بار هم که همـراه آن‌هـا با قـایق بـه آن جنگل بالایی میان آدم‌های غریب و جزیره نزدیک ساحل رفـت و برگشـت. فکـرش عـوض شـد. بعـداز چنـد روز وسائلش را پـای درخت چنار یافتم وبه آقا ایوار دادم. البته آقای ایوار می‌داننـد قبلا به‌ایشان گفته‌ام حـدود ده ویـا دوازده روز پیش بـود کـه اورا میـان جنگل دیدم. برای خودش میان درختان کلبه که نه آلاچیق درست

کرده و روی عکس‌هایش کار می‌کرد و به تمام درختان اطرافش عکسهایش را آویخته بود. آدام با سواد و مهربانیه، اما عجیبه خانم، همه اش از یک چیزهایی مثل روح صحبت می‌کرد و از درخت‌ها و پرنده‌ها می‌گفت و بیشتر روزش در جنگل ویا در آن جزیره می‌گذشت.

- الان آن جاست؟

- نمی‌دانم خانم ولی فکر می‌کنم آن جا باشند. گفتم که آخرین بار همان حدود ده دوازده روز پیش که دیدمش پرهای زیادی از پرنده‌های دریاچه جمع کرده بود. مدام می‌گفت:

- دارند پرنده‌ها را می‌کشند.

باید ببخشید خانم انگار فکرش کمی ناراحت است. من به ایشان گفتم که برگردند. گفتم که زیاد دور و بر مسائل پرنده‌ها و آدم‌های دیگر که با قایق شب‌ها به جنگل می‌آیند وبه جزیره می‌روند نباشد. ولی او گفت که از آن‌ها عکس گرفته و می خواهد همه جا در دنیا پخش بکند

- چه عکس‌هایی؟

- نمی‌دانم. باید خودتان ببینید. من از آن چیز ها سر در نمی‌آرم

- کمک می‌کنی که پیدایش بکنیم؟

- من به جناب ایوار که بزرگ ما ست گفته‌ام که در خدمت شما هستم ولی خانم، رفتن به آن جا برای خانمی مثل شما یک کمی

سنگین نه چطور بگویم خطرناك است . برای چه شما می‌آیید .
ما میرویم به‌ایشان می‌گوییم که شما آمده‌اید و در مهمان حاانه
منتظرش هستید

- خطرناك هم باشد. می‌خواهم همراه شما بیایم. می‌خواهم ببینم، آن
جا چه جور جاییه. او آن جا چه می‌کنه؟

ایوار پیر با لحنی پدرانه گفت:

- برای چی این کار را می‌کنی دخترم؟

- خوب نامزدمه.

- اگر رفتی تو را نشناخت و اعتنا نکرد؟

- می‌کنه.

- اگر نخواست بیاید؟

- پیشش می مانم.

- آن جا توی جنگل؟

- بله.

- برای چی؟

وقتی ایوار پیر گفت: برای چی؟ رعنا نگاهش را از صورت ایوار گرفت
وسرش را پائین انداخت و شرمگین و آرام گفت:

- گفتم که، برای این که نامزدمه.

بعد صورتش را برگرداند و نگاه شرمگینش را بر دریاچه دوخت. از حرف ونگاه واحساس رعنا، احساسی مالامال از غم تمام وجودم را در برگرفت. خاطرم آمد. یک بار در گذشته چنین صحنه و وضعیت و سوال جوابهایی پیش آمده بود. روزی فروزان هم کلاسی ودوست دوران تحصیلمان در بوفه دانشکده وقتی از رعنا پرسید:

-    با این عقایدی که رای دارد اگر روزی او به یک شهر دور افتاده برود و بخواهد آن جا زندگی کند توهم می‌روی؟

آن روز رعنا با لبخند چنین پاسخی داد. اکنون وقتی دوباره همان جواب را از دهان او و در مورد نامزدش شنیدم. فهمیدم که من دیگر جایی در زندگی او ندارم. همین طور در این فکر وخاطره وافکار بودم که‌ایوار پیر بر بازویم زد وگفت:

-    برویم.

گیج ومنگ و داغون همراه آن‌ها راه افتادم. فکر و سوال‌های غریبی در ذهن و جانم نشسته بود:

-    این کیست؟ این که عین من است؟ من دیگری که در وجود و دل وجان زنی که عشق و هستی وزندگی مرا در خود داشت نشسته است. چرا همه از این شباهت و عین هم بودن ما صحبت می‌کنند؟ حالا که او هست و رعنا به دنبال او آمده، من این جا چه می‌کنم؟ بهتراست برگردم وبروم. بودن من در این جا چه معنایی دارد؟

من بیشتر شاید مزاحم باشم؟ اما، اما نمی‌توانم. من به رعنا قول داده‌ام که در این جستجو همراهیش کنم. نمی‌توانم او را تنها بگذارم.

حسی تلخ و آزار دهنده‌ای از بیهودگی و مزاحم بودن، تمام وجودم را فرا گرفت و غوغای غریبی در درونم پیچید. رعنا انگار متوجه احساس وحالت من شده بود. قدم‌هایش را آهسته کرد تا کنارمن که عقب‌تر ازهمه بودم باشد. بعد نگاهش را به صورتم دوخت وپرسید:

- رای حالت خوبه؟

گفتم: آره.

- تو چه فکری هستی. چرا این همه کند قدم بر می‌داری؟

- چیزی نیست. گاه چنین حالت‌هایی پیش می‌آید. تو زیاد جدی نگیر تا پیدا کردن نامزدت سهراب همراهت می‌آیم.بعد نمی‌مانم که مزاحم زندگییت باشم. بر می‌گردم و می‌روم.

از حرف‌هایم دگرگون شد و با شرمگینی گفت:

- تو هیچ وقت مزاحم نبودی ونیستی.

- این شباهت بین من و او چیه؟ چطوره که همه از آن حرف می‌زنند؟

- می‌آیی و می‌بینی. اگر احساس کردی که خودت را در آینه نه مقابلت می‌بینی، تعجب نکن. گاه احساس می‌کنم یکی از شما ها واقعیت ندارید.

- ولی هستیم.

- بله هستید. ولی عین هم هستید. من نمی‌دانم و نمی‌توانم تشخیص بدهم که کدام یک از شما واقعی هستید. حالا هم که این جا هستم، برای پیدا کردن او آمده‌ام. تا واقعیت را بدانم. اگر او را پیدا بکنم آن وقت می‌فهمم که واقعیت چه است، کدام یک از شما واقعی هستید؟

صدای اعتراض ایوار پیر که می‌گفت:

- چرا عقب مانده‌اید. کمی تند بیایید.

صحبت ما را قطع کرد. هر دو به سرعت قدم‌هایمان افزودیم به جنگل که رسیدیم. جنگلبان گفت:

- من جلوتر می‌روم، شماها دنبال من بیایید. سعی نکنید عقب بمانید از همدیگر هم زیاد فاصله نگیرد.

کمی مکث کرد وبعد گفت:

- جای زیبایست، خوشتان خواهد آمد.

او جلوتر و من ورعنا به دنبال او و ایوار پیر پشت سر ما وارد جنگل شدیم. در آن چند روز آن قدر که از جنگل گفته بودند. در ذهن

وخیالم تصوری از جنگل‌های آمازون پوشیده از گیاهان مختلف و درختان تنومند وبلند وپر از جانوران وحشی را داشتم که رفتن به درون آن و گذر از میان آن بسیار مشکل خواهد بود. اما بر خلف تصور من جنگلی که ما وارد آن شدیم، چنان حالتی نداشت. پیشه زار فشرده وسیعی بود که در شیب دامنه کوه در امتداد ساحل دریاچه قرار گرفته بود واکثر درختان آن بید و افرا وتبریزی وصنوبر وبلوط وسپیدار بودند که به طرز شگفت انگیزی کنار هم روئیده وپیشه زار ویا بهتراست بگویم جنگل کوچک اما فشرده وزیبایی را فراهم ساخته بودند.

وقتی وارد آن جنگل خاموش و زیبا شدیم. سکوت جاری در فضای آن ما را در بر گرفت وما لحظه‌های زیادی ساکت و خاموش وبی‌حرف گرفتار طلسم فضای آن بودیم. تنها صدای برگ بود وحرکت نسیمی آرام باصدای جریان موسیقی زلال آب در جویباری که در سایه سار درختان به طرف وسط جنگل روان بود وجز آن هیچ نبود. سکوت بود و خلوت تنهایی و همین سکوت وخاموشی نوعی رعب وترس را بر دل می‌نشاند. بعد از لحظاتی جنگلبان گفت:

-    برای این که راه را گم نکنیم باید در امتداد جویبار پیش برویم. کنار جویبار ودر امتداد آن کوره راهی بود که همسان ودر مسیر جویبار امتداد داشت وما در همان کوره راه در مسیر جویبار پیش می‌رفتیم. گاه صداهای عجیبی از دور در فضای جنگل می‌پیچید

وسکوت جنگل را می‌شکست. صدای های هوی وصحبت مردمی که از دور در عرصه فضای خاموش جنگل میان درختان می‌پیچید و بهت ما را بیشتر می‌کرد. کمی که پیش رفتیم، از دور، برکه بسیار کوچکی شبیه به یک حوض ویا استخربزرگ آب نمایان شد که دور تا دور آن درختان تبریزی وسپیدار و بید مثل دیواری در ردیفی منظم و فشرده روئیده و آن را در محاصره خود گرفته بودند. آب برکه به قدری زلال بود که عکس تنه درختان در آن نمایان بود. گویی که در هر دو طرف، هم پائین، هم بالا، درختان تن کشیده وایستاده بودند وآن بالا تنها جا وفضایی کوچکی بود که آبی آسمان ونور آفتاب از لابه لای شاخه‌ها دیده می‌شد. کنار برکه آب کیف وکوله پشتی خود را زمین نهادیم ودست وصورتمان را شستیم و به تماشای برکه واطراف آن ایستادیم . صدای موسیقی جاری آب و طراوت وزلالی وزیبایی برکه مسحور کننده بود . نمی توانستیم چشم از تماشای زیبایی وطراوات آن برداریم. دلمان می‌خواست ساعت‌ها همان جا بنشینیم و برکه ودرختان اطراف آن را تماشا بکنیم و گوش به زمزمه جاری آب بسپاریم. بعد از لحظاتی که به تماشای اطراف برکه مشغول بودیم رعنا با تحسین گفت:

- خدای من چقدر زیباست

جنگلبان خندید گفت:

- اگر خستگیتان رفته وسائلتان رابردارید باید به آن طرف برکه برویم. کوله بارمان را برداشتیم و راه افتادیم. هنوز بـه آن طـرف برکـه نرسـیده بودیم که یکی دوان دوان به سرعت از میان درختان گذشت،پسر بچه‌ای هشت، نه ساله بود که دوان دوان در حـالی کـه مـا را نگـاه می‌کـرد بـه طرف عمق درختان جنگل دور شـد. کمـی کـه پیش رفتیم خانـه‌های کوچکی را دیدیم که در فاصله‌های کوتاهی از هم میان درختـان بـا سنگ و گل وتنه وشاخه درختـان سـاخته شـده بودنـد. کـوره راه جنگلـی همچنان در آن طرف برکه از میان درختان در مسیر جویبار که به طـرف پائین ودریاچه جاری بود ادامه داشت. همانطور که متعجب وبـا کمـی ترس و واهمه خانه‌های درون جنگل واطراف آن‌ها را نگاه می‌کـردیم. از کلبه سمت چپ نزدیک برکـه، زن میـان سـالی کـه پیـراهن ارغـوانی بلندی به تن وسطل آبی در دست داشت به کنار برکه‌امـد. در حالیکـه نگاهش متوجه ما بود وکنجکاوانه ما را نگاه می‌کـرد، مشـغول شسـتن سطل وبرداشتن آب از برکه شد. پشت سر او مرد میـان سـالی کـه کـت ارتشی کهنه‌ای به تن داشت آمد وبـه مـا کـه کنـار برکـه‌ایسـتاده و او را می‌پاییدیم، نزدیک شد و خیره خیره ما را نگـاه کـرد و بـدون ایـن کـه حرفی بزند و یا چیزی بگوید و یا جواب سلام و احوال پرسی جنگلبان را بدهد. لحظه‌ها با تردید وشک ما را دقیق نگاه کرد وبعد گـویی کـه

احساس ترس کرده باشد. برگشت شتابان به طرف خانه اش راه افتاد و زنش که سطل بدست کنار برکه‌ایستاده وناظر رفتار و برخـورد او بـا مـا بود. با نگاه وتکان دادن سر که نشـان از تاسـف و درمانـدگی را داشـت دنبال او راه افتاد و رفت توی کلبه و در را بست. بعـد از رفتن او مـا بـه اطراف که نگاه کردیم. مردها وزن‌ها وکودکـانی را دیـدیم کـه مقابـل کلبه‌هایشان ایستاده ومارا نگاه می‌کنند. جنگلبان گفت :

- باید راه بیفتیم ایستادن ما در این جا شاید خوش آیند آن‌ها نیست. کوله بارمان را برداشتیم و راه افتادیم. کوره راه باریک جنگلـی در زیـر سایه چتر فشرده شاخه درختان با شیب ملایمـی بـه طـرف پـائین جنگـل ادامه داشت. کمی که جلو رفتیم در سـر دو راهـه‌ای جویبـار را دوبـاره یافتیم که همچنان به طـرف پـائین جنگـل جریـان داشـت. صـدای آب وزمزمه وپچ پچ کلمات جنگلیان که در فضـای میـان درختـان انعکـاس می‌یافت برای ما احساس آرامش وقوت قلب بود.

کمی دورتر مرد جوانی را دیدیم با لباسی مندرس و پاره وچرکین کـه کودک خرد سالش را پیچیده در پارچه‌ای در بغل می‌برد. انگار از کنار جویبـار برمی‌گشـت. مـا را کـه دیـد هرسـناک شـد. نگـاه کنجکـاو و ناراحتش را به ما دوخت و بعد به سمت کلبه اش که کمی دورتر میان درختان بود دوید و زنش را که بسیار ضعیف وتکیده بـه نظـر می‌رسیـد ودر آستانه در کلبه‌ایستاده بود به درون کلبه کشید. رعنا نتوانست جلو

احساسش را بگیرد. رفت و در آستانه در کلبه ایستاد و آن‌ها را صدا زد و گفت:

- می‌توانم بپرسم این جا چه می‌کنید، چرا این جا مانده‌اید، این جا که جای خوبی برای زندگی نیست؟

زن جوان با حالتی که شرم و دلتنگی او را نشان می‌داد بیرون آمد و کنار در ایستاد و سرش را پایین انداخت و جوابی نداد. اما شوهرش همان مرد جوان که میان آستانه در کلبه اش ایستاده بود مرتب و پشت سرهم می‌پرسید:

- شما هم از بمباران فرار کرده‌اید؟ شماهم از بمباران فرار کرده‌اید؟ باور کنید ما وضعمان خوبه، فقط کمی خانمم کسالت داره .. آن هم چند روز بعد درست میشه

رعنا با چشمان پر اشک برگشت و از جیب کوله پشتیش که من برای کمک به او به شانه‌ام آویخته و حمل می‌کردم دو بسته قرص آسپرین و قرص ضد اسهال همراه با بسته‌ای شکلات برداشت و برد و به آن‌ها داد و گفت:

- شما نباید این جا بمانید. باید بر گردید به شهر. این جا برای شما و این بچه مناسب نیست.

مرد اما نپذیرفت بدون توجه به حرف‌های رعنا گفت:

- برخواهیم گشت. بعد از پایان جنگ برخواهیم گشت

- ولی جنگ تمام شده

- نه تمام نشده

- ولی تمام شده باور کنید.

- ای خانم. شما یا نمی‌بینید ویا نمی‌دانید. خودتان هم از جنگ گریخته‌اید. می‌گویید جنگ تمام شده. من خودم نظامی هستم خوب می‌دانم که هر روز حمله است. بمباران است. شما هم باید مراقب باشید. ممکن است به‌این جا هم حمله کنند.

بعد صدایش را آرام کرد و گفت:

- ممکنه هم شبانه با قایق بیایند و شبیخون بزنند. من شب‌ها بیدارم. مراقب همه چیز هستم.

- مراقب چی؟

- مراقب حمله دشمن

ایوار پیر که می‌دانست بحث با آن مرد بیمار موج زده بی فایده است.

رفت رعنا را صدا زد و گفت:

- بیا برویم دخترم

رعنا با روحی آزرده ومنقلب برگشت و در حالی که پشت سرهم می‌گفت:

- این چه زندگیست که‌این ها این جا دارند. چرا گذاشته اند این ها این جا بمانند؟

چند قدم نیامده ناگهان تصمیمش عوض شد و دوباره بر گشت و از آن‌ها پرسید:

- شما آن آقای عکاس را ندیده‌اید. همان که دو سه ماهیست به‌این جا به‌این جنگل آمده. من نامزدش هستم. دنبالش آمده‌ام.فکر کردم شما دیده باشید. یعنی فکر می‌کنم که از شما هم عکس گرفته باشد؟

مرد جوان بیرون آمد و در حالی که به دقت سرو پای رعنا را بر انداز می‌کرد پرسید:

- گفتی شما نامزدش هستی؟

- بله من نامزدش هستم

- بله می‌شناسمش. خیلی مرد خوبیه. اما همیشه‌این جا نیست. هر چند وقت می‌آید و می‌رود. توجنگل بالا ساکنه. البته تا چند هفته پیش این جا بود. بعد رفت آنجا، برای خودش کلبه‌ای ساخته.. می‌گفته برای عکس گرفتن جای خوبیه. مناظر خوبی داره، من ندیده‌ام، ادریس می‌گفت چون چند بار او را با قایقش به جزیره و جنگل‌های اطراف برده

- ولی ما فکر می‌کردیم این جا. این اطراف باشه؟

- این جا بود، آن پائین کلبه‌ای درست کرده بود. اما گفتم که دو سه هفته پیش که دستش پیچ خورد و برای مداوا رفت جنگل بالا پیش

آن پیرزن امی شکسته بند. آدم‌های آن جا که را دید. فکرش عوض شد. آمد و وسائل وعکس‌هایش را برداشت ورفت به آن جنگل بالا. من فکر می‌کردم مراد جنگلبان می‌دونه

مراد جنگلبان گفت:

- نه من نمی‌دانستم، فکر می‌کردم هنوز تو این جنگل کنار شماهاست.

- نه، رفته

- حالا ما چطوری برویم آن جا آن جنگل بالا؟

ایوار پیر که نزدیکتر رفته و کنار رعنا ایستاده بود گفت:

- بر می گردیم با قایق می رویم

مرد جوان در جواب حرف‌های ایوار پیر گفت:

- قایق هست. ادریس قایق داره، جنگل بالا را خوب می‌شناسه. پول بدهید می‌بردتان.

رعنا به ایوار نگاه کرد تا نظر اورا هم بداند وبعد گفت:

- باشه. پول کرایه قایقش را می‌دهیم.

مرد راه افتاد و گفت:

- بیایید نشونتون بدم.

مرد جوان جلوتر و آن‌ها پشت سر او راه افتادند. نزدیک من که میان کوره راه ایستاده ومنتظر آن‌ها بودم رسیدند. مرد جوان نگاه متعجب

وترس گرفته اش را تو صورت ونگاه من دوخت وبعد برگشت رعنا وایوار وجنگلبان را بدقت پایید و دست بر شانه و پشت مراد جنگلبان مالید. انگار می‌خواست از حضور و واقعی بودن او مطمئن شود. بعد با ترس از کنار من گذشت وراه پائین جنگل به سمت ساحل را پیش گرفت. ما همه پشت سر او در صفی منظم راه افتادیم. او جلوتر و بعد مراد جنگلبان وپشت سر آن‌ها ایوار وبعد رعنا و من آخرین نفر صف وگروه بودم که پا به پای آن‌ها می‌رفتم. مرد جوان که از همان لحظه دیدن من دچار حیرت شده بود. در حال رفتن مدام بر می‌گشت و با تعجب و حیرت مرا نگاه می‌کرد. کمی که راه رفتیم پا کند کرد واز مراد جنگلبان که پشت سر او بود پرسد:

-   مگر اون همان عکاسه نیست

مراد خندید وگفت:

-   نه

-   ولی تعجب آوره. خیلی شبیه اونه. وقتی دیدمش فکر کردم خود عکاسه است. بعد فکر کردم نکنه شما ها از اجنه‌های جنگل باشید. ترسیدم و فکر کردم خیالاتی شده‌ام. حقیقتش آن عکاسه آدم عجیبی ست. یک لحظه هست وبعد نیست.حالت ورنگ چشمانش هم یه طوریه به قول ادریس که با او خیلی آشنا ست. مثل روح می‌مونه. من هم وقتی آن آقا را دیدم، فکر کردم خود عکاسه است.

بعد فکـر کـردم آن کـه‌اینجاسـت. چـرا دنبـالش می‌گردنـد. نکنـه همه‌این‌ها روحنـد ولـی وقتـی بـه تـو دست زدم.ترسـم ریخـت و مطمئن شدم که نیستید.

- جنگل وتنهایی، آدم را خیالاتی می‌کند جنـاب، حـالا کـه دیدیـد روح نیستیم وآدم‌های حقیقی هستیم مثل خود تو، حرف مـرا قبـول کنید. این جا نمانید. این جا ماندن، تنها بودن تـوی ایـن جنگـل کـه هزارتا مشکل دارد، باز می‌گـویم آدم را خیـالاتی می‌کنـد، بهتـره برگردید وبروید.

- برمی‌گردیم، جنگ که تمام شد، بر می‌گردیم

مراد سرش را به تاسف آرام تکان داد و دیگر چیزی نگفت. در کـوره راه کمی که پیش رفتیم و از میان خانه‌ها که گذشـتیم، غـرش رعـد را که از دور می‌آمد شنیدیم. ایوار پیرکه جلوتر از مابود وقتی غرش هوا را شنید، سرش را بالا گرفت وهوا را نگاهی کرد و برگشت و گفت:

- اگر می‌خواهید به آن جنگل بالا برویم. باید کمی عجله کنیم.

بعد رو کرد به مراد جنگلبان و گفت:

- ادریس را می‌شناسی؟

- بله

- برو صداش کن. ماهم دنبال تو می‌آییم.

مراد راه افتاد وما هم با فاصله کوتاهی درپی او. در امتداد ساحل، خانه‌های دیگری از جنگل نشینان قرار داشت. همانطور که ایوار حدس زده بود بر خلاف صبح هوا در حال تغییر وبی قراری بود. ابرهای سیاهی که از غرب از افق دور بر آمده بودند. کم کم داشتند تمام سینه دریاچه را می‌پوشاندند. بادسردی در حال وزیدن بود و از افق دور درخشش برق وبعد صدای رعد را می‌شنیدیم. پیشرفتگی آب دریاچه قسمتی از جنگل را جدا کرده و در فاصله‌ای نه چندان زیاد جنگل بالا با بریدگی وپیشرفتگی آب ودماغه‌های متعدد که منظره شگفت وزیبایی را فراهم ساخته بود قرار داشت. خانه‌های زیادی در هر دو طرف میان درختان جنگل دیده می‌شدند. خانه ادریس اولین خانه نزدیک ساحل بود ومقابل خانه اش قایقش را نگه‌داشته وبرای این که موج‌ها آن را نبرند به باقی مانده تنه درخت بریده شده‌ای بسته بود. ادریس که مردی کوتاه قد کوژ دار با شانه‌های پهن وصورتی دراز استخوانی با دماغی درشت و ابروان پر پشت و چشمان برآمده بود با شنیدن اسم خود که مراد جنگلبان صدایش می‌زد از کلبه اش بیرون آمد. ما را و اطراف را به دقت نگاه کرد. بعد نزدیک آمد و با مراد خوش وبشی کرد. مراد محل سهراب را پرسید و قصد ما را برای پیدا کردن محل و دیدن سهراب را به او گفت. پس از گفتگویی کوتاه، مراد برگشت و رو به ما کرد و گفت:

- بله او جا و محل عکاس را می‌شناسد و برای این که شما را آن جا ببرد و برگرداند پنجاه هزار تومان می‌خواهد.

رعنا نگاهی به ایوار پیر کرد و بعد گفت:

- باشه، قبوله

ادریس نزدیک آمد و دستش را به طرف رعنا برای گرفتن مزد و کرایه خود دراز کرد. دستش پهن و زمخت و کثیف بود. وقتی پول را گرفت برای تشکر خنده‌ای کرد که دندآن‌های زرد پوسیده درازش بیشتر نمایان شد. بعد به دقت سر و پای رعنا و من را نگاه کرد. چشمش به من که افتاد یکه خورد. عقب عقب رفت و پارچه قهوه‌ای چهار گوش نسبتا بزرگی را که به شانه‌هایش انداخته بود به بالای سرش کشید و برگشت و از مراد سوال‌هایی کرد. انگار مرا می‌پرسید و همه فهمیدیم که موضوع شباهت من و سهراب است. چون مراد سرش را تکان داد و خندید و دست بر شانه ادریس زد و بعد نزد ما آمد و گفت:

- مسئله‌ای نیست فکر کرده بود که ایشان همان آقای عکاس هستند سوار شوید.

ایوار پیر پرسید:

- مگر تو نمی‌آیی؟

مراد گفت:

- نه.

- گفتی که ما را باید به مهمانخانه برگرداند؟

- بله گفتم ولی نمی‌تواند. قرار شد شمارا به همین جا برگرداند، من کاردیگری دارم باید به پائین جنگل که درختانش را بریده‌اند سری بزنم برمی‌گردم وهمین جا منتظرتان می‌مانم.

- پس یک لطفی بکن، قایق مرا بیار این جا، من آن را در ساحل دهکده به کنده ی درختی بسته‌ام.

- به روی چشم.

- خداحافظ.

- خیر پیش.

از مراد و مرد جوان خداحافظی کردیم و سوار قایق شدیم. ادریس همراه دو مرد بلند قد که لباس خاکستری به تن داشتند و پارچه پهن وبلندی به سرشان انداخته وصورتشان را پوشانده بودند که احساس می‌شد نمی‌خواهند صورتشان وشایدهم زخم‌های صورتشان دیده شود. آمدند و با تمام قوا قایق را به میان آب هل دادند و بعد پریدند و بر قایق نشستند. آن دو مرد در عقب قایق و ادریس دروسط نزدیک به سینه قایق کنار ایوار نشست. ادریس بعد ازنشستن در قایق و اظهار ارادت به‌ایوار پیر همراه و هم زمان با آن دو مرد با تمام قوا شروع به پارو زدن کرد. قایق راه افتاد. چند لحظه که گذشت ادریس کنجکاو از ایوار پیر پرسید:

- جناب ایوار شما که پیر و بزرگ محل هستید. چطور تا حال این طرفها نیامدهاید؟

ایوار پیر که از لحن صدایش نوعی ترس و احتیاط میبارید گفت:

- از محل ما دور بود. نخواستم بیایم.

ادریس که از جواب ایوار پیر قانع نشده بود سرش را تکان داد و خندید و گفت:

- پس سعادتیست. امروز غریبهها را میبینید.

ایوار گفت:

- همانهایی که میگویند مثل اجنهها هستند.

- بلهاما اجنه نیستند. مثل ما هستند.

رعنا که کنجکاو بود پرسید:

- غریبهها، اجنهها، منظورتان چیه؟

ادریس نگاهی کرد وساکت شد وایوار هم جوابی نداد. به نزدیکی دماغههای جنگل بالا رسیده بودیم. هوا خاکستری شده بود و دانههای ریز باران همراه باد بر صورتمان میخورد. از نزدیک ساحل جنگل بالا بطرف دماغهها که گذشتیم، مردان وزنانی را کنار کلبههایی از سنگ وچوب دیدیم با قدی کوتاه، سرهای بزرگ وبا صورت و قیافههای عجیب. بعضی از آنها دماغی کوتاه وگاه زخمی در حد دو سوراخ داشتند و لب بالایشان شکاف داشت و بعضی باچوب دستی راه میرفتند

تعداد زیادی صورتشان را با پارچه پوشانده بودند و بعضی‌ها قدی نازک و بلند و پوستی کبود وچهره‌ای محو داشتند وچون سایه در هر جا بودند و دیده می‌شدند ومیان آن‌ها ومقابل خانه‌ها،کودکان سالم و شاداب زیادی سرگرم بازی بودند. مارا که در قایق دیدند.هیاهو کنان به ما دست تکان دادند. با دیدن آن‌ها آرام به رعنا گفتم:

- این جا به هیچ چیزی دست نزنید و چیزی نخورید

ایوار پیر با تعجب گفت :

- پس غریبه‌ها این ها هستند. خدایا چه شکلیند و چه سر و وضعی دارند.

من پیش خودم حدس زدم آن‌ها بایدگرفتار جذام و یا یک نوع بیماری ژنتیکی باشند واگر غریبه شده اند و در این گوشه در این مکان دور افتاده بشکل منزوی به سر می‌برند حتما به خاطر همین شکل وقیافه وبیماریشان است و احساس سهراب نامزد رعنا را از آمدن به‌این محل درک کردم.

ایوار پیر از ادریس پرسید:

- این ها اگر مریض شوند و به چیزی احتیاج داشته باشند چه می‌کنند؟

- همه‌ی این ها مریض مادرزادیند.خودشان قایق دارند. می‌روند ومی‌آیند. به خیلی از کارهایشان امی پیرمی‌رسه

- امی پیر کیه، کجاست؟

- می‌شناسیدش. شاید قبلا دیده باشی .پیرزن مهربانیـه، بـزرگ وهمـه کاره‌این جاست.خیلی داناست، حالا می‌بینید. محـل مهـرداد را هـم اون می دونه، ببینی می‌شناسی.

ادریـس بعـد از گذشـتن از شـش دماغـه دندانـه‌ای شـکل، قـایق را در نزدیکی دماغه هفتم، محل ورود به قسمت ایستا وبدون موج دریاچه که به برکه مرده و یا قسمت مرده دریاچه معروف بود کنار اسکله چـوبی کوتاهی نگه داشت و ما از قایق پیاده شدیم. گروهی از کودکان چهار، پنج، شش ساله و بالاتر که مارا از دور دیده بودند. هیاهو کنان به سمت ما دویدند و به نزدیکی ما که رسیدن با دیدن قیافه وشکل وشمایل وطرز لباس‌های ما ناگهان همه ساکت شدند و ایستادند. بعضی لبخند به لب و بعضی شرمگین و معصومانه نگاه می‌کردند. من و رعنا هر چه بیسکویت و شکلات درکیفمان داشتیم، میان آن‌ها قسمت کردیم. تعدادی از پـدر ومادر وخواهر وبرادران آن‌ها با صورت‌های پوشیده کمی دورتـر مـا را در سکوتشان تماشا می‌کردند. ادریس که با کمک دو همکارش قایق را به اسکله بسته بود. آمد کودکان را که دید گفت:

- این ها هم بزرگ شوند مثل آن‌ها خواهند شد

رعنا با ناراحتی گفت:

- نه.

ادریس در جوابش محکم گفت: بله.

وبعد پیشاپیش ما راه افتاد و گفت بیائید. خانه امی پیر آن جاست. دنبالش رفتیم. هنگام گذر مردمی را که میان جنگل وکنار خانه‌ها بودند از نزدیک دیدیم. همانطور بودند که از دور و از قایق دیده بودیم. مردان زنانی بودند با قد کوتاه، سرهای بزرگ کم مو و با چشمان درشت و دست وپاهای بسیار کوتاه، بعضی از زن‌ها کودکانشان را با پارچه‌ای ضخیم به پشتشان بسته ومشغول کار بودند. من که آرام راه می‌رفتم و به دقت خانه‌های آن‌ها را نگاه می‌کردم. دیدم در خیابان اصلی دهکده گروهی از مردم جنگل در حال تشییع مرده‌ای و یا چیزی شبیه آن بودند. آن‌ها به سر وصورت و سینه اشان می‌زدند ومی‌گریستند و دیگر ساکنین جنگل، نشسته کنار پنجره و یا ایستاد کنار در، ساکت وبی تفاوت تماشایشان می‌کردند و بعضی از آن‌ها هم می‌گریستند و گروهی دیگر از ساکنان آن جا که راهی جایی و یا دنبال کاروبا چیز دیگری بودند به جای توجه ونگاه به روبرو، جلوی پایشان، به پشت سرشان نگاه می‌کردند. انگار گردنشان موقع راه رفتن کج می‌شد و یا نمی‌توانستند و یا نمی‌خواستند به جلو و پیش رو و آینده و آن چه درپیش رویشان است نگاه و توجه وفکر کنند. به درون خانه‌ها و انبارهایشان نگاه که کردم، دیدم در بعضی از خانه‌ها دستگاه ریسندگی وگلیم و فرش بافی و در بعضی کارگاه خراتی و رنگرزی است و در

چند جای سرپوشیده شبیه انباری گروهی از آنها با سرهای خمیده به پشت، مشغول گل گیری و سفال گری و کوزه گری بودند. فهمیدم اینها، این مردم غریب، توان کارواستفاده از ابزار را برای گذران زندگیشان دارند اما آن قایق‌ها وآن کسان دیگر که شب می‌آیند و صبح بر می‌گردند کی هستند؟ آیا از خود این ها هستند و یا کسانی از مردمان نواحی دیگرند. به ذهنم رسید که شاید نوعی اقتصاد معاوضه‌ای سنتی در این جا میان آن‌ها جریان دارد در همین فکر بودم که یکی از آن مردم کبود را دیدم که با شیار زخمی بر صورت ودر لباس نظامی کهنه خاک آلود وسط راه مقابلم ایستاده وبا نگاهی بی رنگ مرا می‌پایید. به زحمت خودم را به سمت دیگر کشیدم که با او برخورد نکنم. اما با همه تلاشی که کردم شانه‌ام به شانه اش خورد اما گویی به هیچ چیز نخورد. احساس کردم که از میان سایه‌ای عبور کردم. فقط احساس برخورد با جسم وفضایی سرد را یافتم و چند قدم عقب رفته و دست به سینه نهادم وعذر خواستم. ادریس از یکه خوردن من خندید. اما باز حرفی نزد. بعد از گذر از هفت خانه مشابه وعین هم به خانه‌امی پیر که خانه‌ای از گل وسنگ با پنجرهای چوبی به رنگ آبی و ایوانی نسبتا بزرگ با دو ستون چوبی کلفت بود رسیدیم. خانه‌امی در انتهای خیابان ساخته شده بود و مقابلش محوط کوچک میدان مانند گردی قرار داشت که آب چشمه‌ای که از بالای کوه جاری بود به حوض

مستطیل شکلی که وسط میدان بود هدایت شده بود. امی پیر بر عکس آن مردمی که دیده بودیم. زنی سالم بلند قد با پوستی سفید و چشمانی روشن و موهای بلند سفید بود که انتهای بافه‌های بلند موهایش از زیر روسریش بیرون افتاده بودند. بالای ایوان خانه اش نشسته و به پشتی تکیه داده و با یک زن کوتاه قد همراه وبچه آن ومرد روپوشیده‌ای مشغول صحبت بود.مارا از دور که دید نگاه وتوجه اش را به ما دوخت نزدیک که رسیدیم ازهمان جایی که نشسته بود از ادریس پرسید:

- ادریس این مهمان‌ها کی اند؟ ازکجاهستند که با خودت آورده‌ای؟

بعد با دست به آن دو نفر زن قد کوتاه و مرد رو پوشیده اشاره کرد که کنار بنشینند ومنتظر بمانندو بلند شد نزدیک نرده‌ایوان آمد و سلامی‌داد و تعارف کرد وگفت:

- خوش آمدید، بفرمایید

از سه پله کوتاه منتهی به‌ایوان بالا که رفتیم، نگاهش به‌ایوار پیر که افتاد شناخت. گفت:

- به به بالاخر جناب ایوار هم راهش به‌این طرفها افتاد چه عجب؟

ایوار پیر احترامی کرد و گفت:

- امی خانم بالاخره ما هم باید روزی خدمت می‌رسیدیم. البته بـرای کار دیگری آمده‌ایم و اصلا فکر نمی کردم که شما این جا باشید.

چون سال‌ها س‌ت ک‌ه ش‌ما را ن‌دی‌ده‌ام. فکر م‌ی‌ک‌ردم از ای‌ن ج‌ا رفته‌اید.

- من خیلی وقته که‌این جا هستم.

- ماشاالله که خوب وسر ح‌ال ه‌ستید. این دوستان م‌ن گم‌ش‌ده‌ای داشتند و دنبالش می‌گشتند. من هم به حکم وظیفه باید همراهش‌ان می‌آم‌دم و س‌عادتی ش‌د ت‌ا ش‌ما را دو ب‌اره از نزدی‌ک ببی‌ن‌م و خوشحالم که جای دیگری نرفته‌اید.

- نه جای دیگری نرفتم. یعنی کجا می‌توانستم بروم. شوهرم که جوان مرگ شد، تنها ماندم. مادر شوهرم که م‌رد ب‌ی ک‌س ش‌دم. پسر بزرگم هم که گذاشته ورفته بود. م‌ن ب‌ودم دوت‌ا بچ‌ه ک‌وچک در روستا هم درمانگاه دایر شده بود. دیگر محلی ب‌رای ک‌ار م‌ن نب‌ود ماموران دولت هم نمی‌گذاشتند کار بکنم. مجبور بودم که از روستا بروم. بار وبندیلم را بسته بودم ومی‌خواستم بروم به یک روستا وی‌ا شهر کوچک دور که یکی از این ها ص‌بح زود در خان‌ه‌ام را زد و گفت که مریض دارند باید همراه او و بروم. همراهشان آمدم این جا. بعد فکر کردم که خواست خداوند اینه که من به درد این ها برسم. اسباب و اساسم را برداشتم وآمدم این جا و ماندگار شدم. همه ه‌م شنیدند و دانستند که‌این جا هستم وخانه دارم.

- مردم روستا هم.

- بله مردم روستا هم، همه می‌دانند که‌این جا هستم .. البتـه آن‌هـا در گذشته که مریض می‌شدند به سراغ من می‌آمدنـد. بعـد کـه جـاده کشیده شد و پایشان به شهر باز شد دیگر سـراغی از مـن نگرفتنـد و من هم دل به‌این‌ها بستم و این جا میان این ها ماندم.

- خیلی وقت باید باشد.

- بله خیلی وقته. توهم که کار وبار مهمانخانه‌ات خوبه و بـا آدم هـای حسابی نشست وبرخاست داری. معلومه که سراغ ما را نگیری
امی حرفش را تمام کرد و بعد رو کرد به ما و گفت:

- خوش آمدید، پس این ها گمشده‌ای دارند. بفرمایید بنشینید.
ایوار گفت:

- ممنون. خدا حفظت کند. دنبال آقای سهراب‌بهمان عکاس آمده‌ایم.
امی نگاهش را در صورت من ورعنا دوخت در این هنگام عروسش که زن جوان بلند قد و بسیار سالم وزیبارویی بود در ظرفـی بلـورین نسـبتا بزرگ میوه آورد و نگاهش که به ما افتاد سلام داد و گفت:

- خوش آمدید

وظرف میوه را مقابل امی گذاشت. امی لحظه‌ها ما را به دقت نگاه کرد وبعد از رعنا پرسید:

- بدنبال گم شده ات ویا گریخته ات آمده‌ای؟
رعنا با لحنی آرام وکمی شرمگین گفت:

- گریخته!؟ نه او نگریخته. او برای استراحت بهاین جا آمده.

- این جا !؟ برای استراحت به این جا بهاین جنگل آمده!؟

- بله، برای استراحت وگرفتن عکس آمده

- آمدهاین جا ودیگر ازش خبری نشد نه؟

- بله، تا چند ماه پیش که با هم تماس داشتیم کمی ناراحت بود، یعنی ناراحتیش دوباره شروع شده بود. او موج گرفته وآسیب دیده در میدان جنگه. چند ماه پیش که زنگ زده بود، گفت که قصد دارد به ساحل دریاچه بیایید واستراحت کند و آمد این جا یعنی به مهمانخانه جناب ایوار. میخواست درساحل دریاچه استراحت کند و بعد دیگر ازش خبری نشد

- وحالا تو به دنبالش آمدهای

- بله چون چند ماهی ست که ازش خبری ندارم. آمدم مهمانخانه. گفتند کهاین جاست. در جنگل میماند

- این آقا هم همراهته؟ (با سر اشاره به من کرد)

- بلهایشان دوست وهمراهمه

- چه دوستی ، عین اوست

- بله همه می گویند

- اگر بگویم او حالش چندان خوب نیست وفقط در دنیای خودش بسر می‌برد وبروی ممکنه نشناسدت ویا نخواهد با تو بیاید، چی می‌کنی؟
- می شناسه
- مطمئنی؟
- بله.
- مطمئن هستی یا چون دوستش داری این حرف را می‌زنی؟
- خوب نامزدمه، معلومه که دوستش دارم
- شاید هم کارعشق اینه.
- بله.

امی از جواب رعنا لبخندی از تحسین ورضایت زد وبعد نگاهش را از صورت رعنا گرفت ودست برد سیب سرخ وسفید درشت وپر طراوتی را از ظرف میوه بر داشت وبا محبت خاصی به طرف رعنا گرفت و گفت:

- بیا دخترم بیا این را بگیر می‌دانم تو بـدنبال آرزویـت و عشـقت آمده‌ای. البته اگر او عشق و آرزویت باشد! بگیر برو نامزدت همان عکاسه آن پائین کنار ساحله. البته اگر نرفته باشـد، جـوان باسـواد وخوبیه، تا هفته‌ی پیش حالش خوب نبود. خیلی به اش رسیدم. به اش دم کرده هفت گیاه را داده‌ام.کمی خوب شده‌اما باید همیشـه

مراقب باشه ودم کرده را بخوره. می‌دانم که‌امده‌ای ببریش. اما می‌خواهم بدانی که درد او طولانی‌ست، زمان می‌خواهد کـه خـوب بشه. او زیاد نخواهد ماند. بر خواهد گشت ..چون او مثل ماها نیست. اصلا مثل ماها نیست.

بعد نگاهش را با معنی ورنگ خاصی به صورت من دوخت و سرش را تکان داد. رفت در جای اولش نشست و به پشتی تکیـه داد و نگـاهش را به دور دست دوخت از رنگ رخسار وحالتش معلوم بـود کـه از چیـزی که می‌داند ویا تازه فهمیده ناراحت شده است. تنم از حرف‌هـا و طـرز حالت نگاهش لرزیـد.اما نتوانسـتم چیـزی بگـویم ویـا بپرسـم اما رعنا پرسید:

- میشه بفرمایید الان کجاست؟

بدون این که نگاه کند گفت:

- گفتم که آن پائین کنار ساحل کلبه‌ای درست کرده و مشغول کار خودشه.اگر نرفته باشه، حتما آن جا ست. بروی پیداش می‌کنی

بعد به آن مرد روپوشیده اشاره کرد و گفت:

- با این ها برو ومحل کلبه عکاس را نشانشان بده.

مرد بدون این که با ما حرفی بزند راه افتاد. مـا هـم بلنـد شـدیم کـه راه بیفتیم امی پیر گفت:

- اگر نتوانستید بر گردید. شب می‌توانید این جا بمانید.

رعنا از کیفش بسته اسکناسی را درآورد ومقابل امی گرفت وگفت:

- اجازه می‌فرمایید هزینه‌ای را که داشته بپردازم.

امی گفت: نه.

رعنا از کیفش روسری ابریشمی نازک وتازه‌ای را که داشت در آورد و باز کرد و جلو امی گذاشت و گفت:

- لااقل این را بخاطر محبت‌هایتان قبول کنید.

امی نگاهی به روسری کرد، لبخند زد وگفت:

- باشه این را به عنوان یادگار ازتو قبول می‌کنم. دلت را این چنین به عشق نسپار، اینها هیچ کدام برایت نخواهند ماند. برو، برو به‌امید خدا.

رعنا تشکر کرد و بلند شد. دنبال آن مرد راه افتادیم. باد سرد همراه با بارش بارانی ریز شروع به وزیدن کرده بود. کمی که پیش رفتیم. مرد رو پوشیده با دست کلبه مهرداد را نشان داد که در چند قدمی ساحل میان درختان از شاخه وبرگ درختان ساخته شده و بر در ورودیش پرده‌ای از پارچه سفید آویخته شده بود.اما سهراب آن جا نبود. اطراف ساحل و دیگر جاهای آن منطقه را گشتیم اما نیافتیم. وقتی همراه رعنا داخل کلبه اش شدم. دیدم تمام دیوارها ی کلبه که از شاخه وبرگ درختان بود پوشیده از عکس است. عکس‌هایی از پرنده‌ها و دریاچه و جنگل و آدم‌های جنگل، این دوزخیان فراموش شده با زندگی

دیگرگونه شان. در خانه‌هایی از شاخه وبرگ و قایق‌ها وآدام‌های دیگر آدم‌هایی با صورت وشکل‌هایی تغییر یافته که مثل سایه بودنـد یـا مثـل خیال به رنگ کبود. نگاهم روی چند عکس از آن آدم‌هـای سـایه وار کبود در محیط ومنظره‌ی غریب ثابت مانده بود و در حالی که بدقت به آن‌ها می‌نگریستم مرد رو پوشیده که پشت سرم ایستاده بودزمزمه کرد:

-    این ها همه از غم کبود شده اند.

بعد آرام خندید و گفت:

-    زیاد فکر نکن، ما هم از آن‌هاییم. ما هم کبودیم.

سرم را که برگرداندم نگاهم به نگاهش افتاد.چشمانش رنگ و حالـت دیگر داشتند. صورتش زخم ولبخندی از تاسف بر لبش بود.

پرسیدم: چرا؟

گفت: چرایش را تو بهتر می‌دانی. چون تو هم از مایی نگاهی کرد و لبخند تلخی زد و پارچه خاکستری بـالای سـرش را روی صورتش کشید و برگشت از کلبه خـارج شـد. مـات ومتحیـر همـانطور نگاهش کردم. بعد که به طرف رعنا که پشت سرم ایستاده بود برگشتم. دیدم رعنا با نگاه ترس گرفته‌ای نگاهم می‌کند. پرسید:

-    منظورش چه بود؟

گفتم: نمی‌دانم.

از کلبه بیرون آمدیم. بهت زده از حرف‌های آن مرد هیچ کدام حرفی برای گفتن نداشتیم همانطور در خود بودیم. لحظاتی بعد ایوار پیر و ادریس از جستجوی سهراب در اطراف ساحل برگشتند. ایوار پیر رو به رعنا کرد و گفت:

- همه جای این منطقه را گشتیم و از همه پرسیدم. نیست رفته. شاید به جزیره‌های دیگر رفته وشاید هم به جایی دیگر. دیروقته بهتره برگردیم به مهمانخانه، فردا اگر هوا مساعد بود می‌رویم به جزیره بالایی. به همه سپردیم. ادریس هم قرارش به همه بگوید. او را که دیدند بگویند که نامزدش آمده و دنبالش می‌گرده. برویم.

همه خسته و دست وپا مرده از جستجوی بی حاصلمان برگشتیم و با امی و جنگل نشینان خدا حافظی کردیم و در قایق نشستیم. رعنا جلو قایق و پشت به ما و من وایوار در وسط قایق نشستیم. ادریس قایق را با کمک آن دو مرد روپوشیده که هرگز با ما وبا همدیگر حرف نمی‌زدند وما چهره آن‌ها را ندیدیم راه انداخت و راه افتادیم. ابرهای تیره وسیاه تمام عرصه دریاچه و کوه‌های نواحی اطراف را پوشانده و دریاچه مواج بود و باران ریز می‌بارید. قایق در اثر شتک امواج تکان‌های شدید ی می‌خورد و تمام لباس‌ها وتن ما خیس وسرفه‌های من هم شدید شده بودند. مرتب پشت سر هم سرفه می‌کردم.سردم بود واحساس تب ولرز داشتم. دکمه‌های کتم را بسته و یقه آن را بالا زده و در گوشه قایق

مچاله شده بودم. از شدت سرفه‌هایم ایوار ورعنا نگران شدند ورعنا چند بار پرسید:

- رای حالت خوبه.

با وجود حال ناخوش گفتم:

- خوبم، چیزی نیست. سینه‌ام در اثر سرما حساس وتحریک شده برسیم به مهمانخانه استراحت کنم خوب می‌شوم.

اما راه طولانی بود و سوز سرمای باد آزارم می‌داد. ساعتی بعد به ساحل جنگل پایین رسیدیم. مراد جنگلبان با قایق ایوار پیر آن جا منتظر بود تا رسیدیم پیش آمد و کمک کرد که قایق را کنار ساحل بکشند وگفت:

- داشتم کم کم نگران می‌شدم.

- ادریس گفت:

- ایوالله مراد خان شما ادریس را دست کم گرفته‌ای؟

- نه از هوا نگران بودم.

بعد نگاهی به من ورعنا انداخت و فهمید که مهرداد را نیافته‌ایم اماچیزی نگفت. ایوار پیر ازاو تشکر کرد ومن ورعنا هم همین طور.ایوار پیر قایقش را روشن کرد وگفت:

- بفرمایید سوار شوید.

از مراد جنگلبان خداحافظی کردیم و سوار شدیم وایوار پیر بادقت وسرعت متعادل قایق را در آن هوای بارانی و توفانی به سمت مهمانخانه

راند. ساعتی بعد که به مهمانخانه رسیدیم وضع‌مان اصلا خوب نبود. تمام سر وصورت ولباس‌هایمان خیس شده بودند.من خسته بودم و سرم درد می‌کرد و ریه بیمارم درد داشت وتیر می‌کشید. باز سرفه‌های مکرر خونین شروع شده بودند. تا آن روز سعی کرده بودم که‌این مسئله را از رعنا ودیگران پنهان سازم وبرای همین به جای دستمال سفید، دستمالهای بزرگ به رنگ‌های سیاه و سرخ در جیبم گذاشته بودم. صبح در جنگل وقتی شاخه خشک درختی بالای گونه‌ام را خراشید. خواستم که با دستمال سیاهم خون زخم گونه‌ام را پاک کنم، رعنا آن را دید و متعجب گفت:

- دستمال سیاه!؟ رای این اولین باره که در عمرم دستمال سیاه در دست کسی می‌بینم.

به او گفتم:

- این دستمال نیست. پارچه سیاهیست که تصادفا همراه دارم.

او بی درنگ با دستمال سفیدش خون زخم گونه‌ام را پاک و آن را به من داد. حالا آن را همراه خودم دارم. خسته بودم وسر وسینه‌ام درد می‌کرد.رعنا تاپای پله‌ها که به طبقه دوم مهمانخانه می‌رفت همراهم آمد. آن جا دستم را فشرد و با نگاهی که تمامیت عشق و دوستی و محبت بود خدا حافظی کرد و گفت:

- رای ممنون.

لحن صدایش بغض آلود و آمیخته از احساسی دیگر بود.

با حال نزار به اطاقم رفتم و لباس‌هایم را که خیس بودند در آوردم و دوش گرم گرفتم وبعد روی تخت افتادم و چشمانم را بستم. اما، نم اشکم را روی گونه‌هایم حس می‌کردم.

۸

از کودکی کمتر خواب می‌دیدم و خوابم همیشه سبک و به صدای وزش نسیمی بند بود. اما آن شب خوابم سنگین و تمام خواب‌هایم خاکستری پر از توفان باد و باران شده بود. خواب دیدم بهار است روی پله‌های حیاط مهمانخانه روبه دریاچه نشسته‌ام، رعنا چند شاخه میخک سرخ و سفید در دست آمد و گفت:

- صبح زود رفتم به دشت همه جا پر از گل‌های قرنفل و میخک بود گل‌هایی که تو همیشه دوست داشتی

بعد چند شاخه قرنفل و میخک سرخ و سفید را که میان دستمالی سفیدی گذاشته بود بدست من داد و خم شد و نگاهش را بر زخم

گونه‌ام دوخت وبعد دستش را به نوازش آرام روی زخم گونه‌ام کشید و گفت:

-    رای زخمت دیگر خوب شده.

خند ید و راه افتاد وبه ساحل رفت. من هم پشت سرش راه افتادم و با صدای بلند پرسیدم:

-    کجا می‌روی؟

بر گشت که جواب دهد صورتش پوشیده از اشک بود گفت:

-    می‌روم دریا تو را پیدا کنم. تو بی خبر گذاشته‌ای و رفته‌ای. اگر پیدایت نکنم. همین جا منتظرت خواهم ماند

دنبالش دویدم و صدایش زدم و گفتم:

-    نرو من این جا هستم، جایی نرفته‌ام

اما او نبود. اورا نیافتم، او رفته بود و دیگر هـر چه اطـراف را جسـتم و نگاه کردم ندیـدمش. فقط جـای پاهـایش را می‌دیـدم و حضـورش را حس می‌کردم. به ساحل که رفتم، دیدم بر روی آب میـان مـوج هـای آرام دریاچه، دستمالی سفید که لکه‌های سرخ خون بر آن بـود با چنـد شاخه گـل قرنفـل و میخـک سـرخ وسـفید در آب شناور است. هـوا خاکستری وهمه جا تیره ومه آلود بود.ابرهای سیاهی بر سینه دریا نشسته بودند و باران تند می‌بارید. صداهایی می‌شنیدم امـا نـا مفهـوم و گنـگ بودند. هر چه رعنا را صدا زدم صدا جوابی نشنیدم و به جای جواب وصدای

رعنا. فقط صدا و فریاد خودم را چهره و تن بزرگ شده وگسترده و پهن شده خودم را می‌دیدم که میان مه و ابر وموج های دریاچه غرق می‌شد. دهانم را گشودم که داد بزنم اما نتوانست. آبها مرا می‌بردند. فقط صدای همهمه موج ها بود و زوزه باد که نزدیکتر وبیشتر می‌شد ومن مدام صدای خودم را می‌شنیدم.

ـ ازصدای گرفته و ناله‌هایم از خواب پریدم. قلبم بشدت می‌زد وحالم خوش نبود. هراسان ونگران و خواب آلود اطرافم را نگاه کردم. دیدم صبح شده، هوا روشن است. ساعتم را نگاه کردم هشت صبح بود. لحظه‌ها همانطور در فضای خوابی که دیده بودم در تختخواب ماندم کمی بعد که خودم را یافتم وحالم بهتر شد. بلند شدم و پنجره را گشودم و بیرون و اطراف را نگاه کردم. هوا هم چنان ابری وخاکستری بود. باران شب پیش همه جا را شسته و خیس وتر کرده بود. اما کسی در ساحل و اطراف نبود. رخت خوابم را مرتب کردم. دوش گرفتم و اصلاح کردم و لباس گرم پوشیدم و پائین رفتم، در سرسرای مهمانخانه ایوار پیر پشت میزش نشسته ومثل همیشه چای خوشرنگی در استکان کمر باریک و نعلبکی گردکبود رنگ با نقش گل شقایق کنار دستش بود. سلام وصبح بخیر گفتم واو هم با خوش‌رویی جواب سلامم را داد و پرسید:

ـ خوب خوابیدی؟

گفتم: بله

- صبحانه میل داری؟

- بله مثل همیشه

یکی از کارکنان را صدا زد وسفارش داد که صبحانه بیاورد. عـادتم را می‌دانست گفت:

- تا تو بیرون قدمی بزنی وهوایی بخوری، صبحانه آماده است.

راه افتادم که بروم گفت:

- دیشب تا صبح یک ریز باران باریـده، هـوا سـرد اسـت. بهتـر اسـت کتت را بپوشی.

کتم را که به پشت صندلی کنار دست او انداختـه بـودم برداشت وبه طرفم گرفت وگفت:

- بگیر هوا سرده

بعد با لحن خاصی گفت:

- آن بیرون منتظرته.

کتم را گرفتم و پوشیدم وبیرون رفتم. رعنـا را دیـدم کـه روی پلـه‌های حیاط مهمانخانه رو بـه دریاچـه نشسـته و چشـم بـر ساحل دوختـه و در دستش میان دستمالی سفید چنـد شـاخه قرنفـل ومیخک سرخ و سفید است. صدای پای مرا که شنید برگشت وگفت:

- تو هستی؟ سلام صبح بخیر.

در حالی که کنارش روی پله‌ها می‌نشستم. جواب سلامش را دادم و پرسیدم:

-   صبح به‌این زودی این جا چه می‌کنی، چرا این جا نشسته‌ای؟

گفت:

-   صبح که برای قدم زدن آمدم این گل‌ها را برای تو چیدم. می‌دانم که می‌خواهی بروی؟

-   از کجا می‌دانی که می‌خواهم بروم؟ چون من چنین تصمیمی ندارم. اما عجیبه من دیشب همین صحنه وهمین چیزها را در خواب دیده‌ام. واقعا عجیبه

-   چرا عجیبه؟

-   برای این که در خواب دیدم در همین دستمال سفید همین گل‌ها را به من دادی. واقعا عجیبه

-   عجیب نیست، اتفاقا خواب خوبیه،قرنفل و میخک گل‌هایی هستند که تو همیشه دوست داشتی

-   بله دوست داشتم ودارم اما فکر نمی‌کنم خواب خوبی دیده باشم، نه خواب خوبی نیست. چون تو بعد از دادن گل‌ها بطرف دریاچه رفتی. وقتی پرسیدم کجا می‌روی؟ گفتی می‌روم دریا تورا پیدا بکنم و گریستی. بعد دیدم در وسط دریا هستم و آب‌ها مرا می‌برند و هر چه تو را صدا می‌زدم صدایم بر نمی‌آمد وتو نمی‌شنیدی و آن

دستمال سفیدی که تو با گل‌های قرنفل و میخک داده بـودی. میـان آبها شناور بود و رویش لکه‌های خون بود

- لکه‌های خون!؟

- بله

لحظه‌های همین طور فکر کرد و بعد گفت:

- خوب خوابیست که دیده‌ای، نباید خـواب را زیـاد جـدی گرفـت. دیروز خسته شدی، حالت هم زیاد خوب نبود و تـو هـم کـه شـاعر ونویسنده هستی،ذهن تصـویر سـاز داری. خسـته بـودی. خوابـت سنگین بوده برای همین خوابت این چنین آشفته شده

- ولی تو در همین دستمال سفید همین چند شاخه گل را دادی!

- خوب دلیلش اینه که من و تو همیشه در فکر و در یاد هم هسـتیم حتی در خواب هم

- شاید اما،

- چه‌امایی، این همه احساساتی نباش. خوابیست که دیده‌ای. تو بایـد مراقب سلامتی خودت باشی، دیروز خیلی سرفه می ‌کردی؟

- تو دیدی؟

- چه چیز را؟

- خون را تو سرفه‌هام

سرش را پائین انداخت و با تلخی و در حالی که از چهـره اش مشـخص بود که نمی‌خواهد و دوست نـدارد در مـورد آن چیـزی بگویـد. چنـد لحظه درسکوت اطـراف را نگـاه کـرد، لبـانش را بهـم مالیـد وتـر کـرد و گفت:

- بله

بعد ناراحت رویش را بر گرداند وچشم به ساحل دوخت. چند لحظه‌ای که به سکوت گذشت سرش را برگرداند و نگاه مهربانش را تو صورتم دوخت ودستش را آرام روی جای زخم گونه‌ام گذاشت و گفت:

- رای زخم گونه ات خوب شده.

از رفتارش وگرمای دستش روی زخم صورتم و حرفی که گفت گیج ومتعجب ماندم. انگار بـاز خـواب بـودم. صـدای پرنـده‌ای کـه از وسط دریاچه می‌آمد توجه او را و مرا به خودش جلب کـرد. نگـاهش را بـه ساحل دریاچه برگرداند وبعد بلند شد و دستم را گرفت و گفت:

- رای پیش از رفتن بیا کمی با هم درساحل قدم بزنیم

گفتم: باشه

راه افتادیم وبه طرف ساحل رفتیم. هنگام خروج از در محوطه ی حیـاط مهمانخانه میان باغچه باریک کناردیوار، انبوه گل‌های میخـک وقرنفـل را در رنگ‌های مختلف دیدم و فهمیدم که رعنا شاخه‌های میخک را از همین جا چیده. به اطراف که نگاه کردم، دیدم باران شب پیش همه جا

را شسته وتر کرده و در آن هوای ابری وخاکستری صبح، انگار سکوتی خیس وچسبنده و دنج بر همه جا نشسته و جز دریاچه که مواج است و باد سرد ومرطوبی که می وزد ازهیچ چیز وهیچ جا وهیچ کس جنبش وحرکتی نیست. انگار همه در خوابند ویا صبح را تازه دریافته‌اند و یا باران وآب‌ها آن‌ها را برده‌اند. اما این سکوت و ساکتی چند لحظه بعد با روشن شدن موتور قایقی در دور دست چندان نپایید.کمی بعد قایق دیگری آمد و از نزدیکی ساحل گذشت. بارش نمک و نی های خیزابهای مراتع نزدیک جنگل بود. بچه‌ها، دختر وپسرهایی که توی قایق روی توده نمک و ساقه‌های بلند نی نشسته بودند. از دور با شور وهیاهو به ما دست تکان دادند رعنا هم با تکان دادن دست جواب آن‌ها را داد و بعد بر گشت وگفت:

- خدایا چقدر دوست داشتنی ومهربانند. خیلی دلم می‌خواهد اگر فرصت بود تابلویی از این‌ها از این بچه‌ها وآن قایق‌ها و نی ها و توده‌های نمک بکشم. البته طرح‌هایی برداشته‌ام

از دور توده‌های مخروطی شکل نمک میان کردها وحوضچه‌های تبخیر نمک که روستاییان درست کرده بودند به رنگ قهوه‌ای مایل به بنفش وگاه قرمز دیده می‌شدند و چند قایق در آن نزدیکی کنار اسکله کوچک چوبی پهلو گرفته و در حال بار زدن بودند. نی های نی زاری که در گوشه چپ ساحل در زمین های پست نزدیک مصب رودخانه

قـرار داشـت بـا وزش بـاد در رقـص بودنـدو خـم و راسـت می‌شدند، می‌خوابیدند وبعد باز بلند می‌شدند. مثل همه چیـز. همـه بـرگ‌هـا وپرهـا وپرنده‌ها رقصنده‌ای در باد بودند. کنـار نیـزار مرغـان دریـایی درپـرواز بودنـد و آواز کـوچ درناهـا کـه در صـفی مـنظم دلتـا شـکل حرکـت می‌کردند از بالای سرمان بـه گـوش می‌رسـید. رعنـا کـه صـدای کـوچ وپرواز آن‌ها را شنید. چشم برآسمان دوخت و گفت:

- آواز کوچ درنا ها. آه خـدای مـن مثل آهنگ کـوچ آدم‌هاسـت می‌دانی رای، وقتی این جا هستم کنار تو قدم می‌زنم و آن پرنـده‌ها را می‌بینم و آواز کوچشان را می‌شنوم. احسـاس مـی‌کنم کـه رویـا می‌بینم. احساس مـی‌کنم کـه آن هـا جزیـی از وجـود وآرزوهـای ابدی ما هستند وبرای همین فکر می‌کنم رویاهایمان حقیقـی تـر از زنـدگی واقعیمان هسـتند .. فکـر مـی‌کنم روزی هـم کـه بمیـریم رویاهایمان با ما می‌آیند و هم چنان با ما خواهند بود

- چه رویاهایی؟

- همه‌این ها، این چیز ها و این روزها و همه آن‌هـایی کـه همیشـه بـا خود داشتیم وبا آن‌ها زندگی کرده‌ایم

- ولی وقتی بمیریم دیگر آن‌ها را نخواهیم داشت

- نه من معتقدم اگر بمیریم هم آن‌ها با ما خواهند بود. چون مرگ هم قسمتی از زنـدگی و رویـای ماسـت.. صـبح کـه خـواهرت زنـگ زد

فهمیدم که خوابم تعبیر شده و تو رفتنی هستی. چون من شب گذشته در خواب رفتن تورا دیده بودم، دیدم که می‌روی، دیدم کیف بدست از مهمانخانه به جاده باریک ودرازی که انتهایش دیده نمیشد رفتی. ازخواب که بیدار شدم فهمیدم که تو رفتنی هستی. اما قبل از رفتن می‌خواستم ببینمت چوان نگرانت بودم و برای همین صبح زود پائین آمدم و منتظرت شدم تا تورا ببینم. رای می‌خواهم بدانی من واقعا نگران سلامتی تو هستم. دیروز حالت خوب نبود. خیلی سرفه می‌کردی. سرفه‌های خونین بد ...

ناراحت شد و حرفش را قطع کرد و سرش را پائین انداخت. گفتم:

- نگران نباش، حتما مراقب خودم خواهم بود

بعد پرسیدم:

- خواهرم چی می‌گفت؟

- با ایوار صحبت کرد. مگر ایوار به تو نگفت؟

- نه

- مثل این که جواب آزمایش هایت چندان خوب نبوده. از بیمارستان خواستنت.

- از بیمارستان؟

- بله.

- آلمان؟

- بله.

غمـی ناگـاه بـا دلهـره‌ای ناآشـنا تمـام وجـودم را دربرگرفـت. جـواب آزمایش‌ها چه هست؟ چرا از بیمارستان خواسته اند؟ دلم لرزیـد. بـا آن همه سعی کردم به خودم مسلط شوم و حالـت طبیعـی وعـادی خـودم را حفظ کنم و ذهنم را مشغول آن نسازم. گفتم:

- می‌آیی برویم تو و صبحانه بخوریم؟چون همـانطور کـه گفتی مـن دیگررفتنی هستم و مجبورم بروم. یعنی باید برگردم اورمیـه و فکـر نمی‌کنم دیگر تـورا یعنی همـدیگر را ببینـیم. چـون نمی‌دانم چـه خواهد شد. زنده خواهم ماند ویانه؟

با شنیدن جمله آخرم، چشمانش پـر از اشـک شـدو ناراحـت و معتـرض گفت:

- نه چنین حرف نزن،تو نباید چنین فکر کنی وحرف بزنی، تـو زنـده می‌مانی و حالت خوب خواهد شد من مطمئنم

بعد دستش را برای خداحافظی دراز کرد. دستش را میان دسـتم گـرفتم وخم شدم که ببوسم. او دست بر شانه‌ام نهاد و شانه‌ام را بوسید و گفت:

- خدا نگه دارت باشه آقای من،خداحافظ.

و با حال دگرگون برگشت و در امتداد ساحل دور شد ومن با دسـتمالی سفید وچند شاخه قرنفل ومیخک سرخ وسـفید در دست بـه مهمانخانـه برگشتم. ایوار پیر که منتظر من بود گفت:

- دیر کردی؟

- با رعنا بودم. باید ازش خداحافظی می‌کردم

- بتو گفت؟

- چه را؟

- تلفن خواهرت را! خواهرت دیشب وهمین طور صبح نزدیک ساعت هشت زنگ زده بود. نگرانت بود. می‌گفت جواب آزمایش‌هایت آمده باید با بیمارستان تماس بگیری.

- پس من باید بروم.

- اول بفرما صبحانه بخور. بفرما، همه چیز آماده است شیر داغ وعسل ونان سنگگ و تخم مرغ همه ءآن چیز هایی که تو دوست داری.

- مگر شما میل ندارید؟

- چرا من هم می‌خورم.

سرگرم خوردن صبحانه شدیم. در حین خوردن صبحانه گفتم:

- ایوار خواهش می‌کنم مواظب رعنا باش، اگر خواست کمکش کن می‌دانی که خیلی تنهاست.

- نگران نباش. او مثل دخترمه، هرچه از دستم بیاید کمکش می‌کنم وتا هروقت هم که بخواهد می‌تواند این جا بماند. قول داده آن

تـابلویی کـه از سـاحل ودریاچـه می‌کشـد. بدهـد تـا در سرسـرای مهمانخانه نصب کنیم. آن جا آن بالا .

بعد از صرف صبحانه رفتم کیـف ووسـائل ولباسـهایم جمـع کـردم و برگشتم دیدم ایوار کنار دم در سرسرا منتظرم است، گفتم:

-    لطفا بفرما ئید حساب مرا بیارند.

گفت:

-    حالا برو. مال دفعه پیش هم مانده، همه اش را یک جا می‌فرستم به آدرس خانه تان. خودت می‌ریزی تو حسابم

-    باشه هر چه که شما صلاح می‌دانید.

بـا بدرقـه‌ایـوار مهمانخانـه را تـرک وراهـی خانـه مـان شـدم ..

۹

گل های میخک عطر ملایم و روح نوازی دارند. آنها را در گلـدان
سفالین روی میز کوچک کنار بسترم قرار داده اند. گاه که بـه پهلـوی،
پشـت بـه پنجـره می‌خـوابم. چشـم بـر برگ‌هـا وسـاقه‌های سـبز تیـره و
گلبرگ‌های سفید و سرخ و ارغوانی آنها که شکل و رنگ شرمگین
ومعصومانه‌ای دارند می‌دوزم وخیره در آنها به خاطره‌های کودکیم بـر
می‌گردم. به روزهایی که مادرم گلدآن‌های قرنفل و میخکش را پشت
پنجره اطاق نشیمن می‌چید و عطر ملایم ونامحسوس آنها فضای اطاق
را پر می‌کرد ومن برحسب کنجکاوی و تقلید از پدرم، همیشه گلهـای
تک برگ سفید و سرخ وبنفش قرنفل ومیخک‌های صد برگ و رنگ

به رنگ را بو می‌کردم و به حرف‌های پدرم می‌اندیشید مکه همیشه می‌گفت:

- شب بو های سرخ عطرشان بهتر از این هاست.

پدرم گل شب بو را دوست داشت و به قرنفل و میخک ترجیح می‌داد.

پرستار من که دختر جوان قد بلند مو بوری با چشمانی سبز روشن است همیشه تبسمی ملیح بر لب و نگاهی مهربان دارد و هر صبح بعد از دوش گرفتن من و تعویض ملافه‌ها و دیگر لوازم اطاق توسط دو همکار جوانش که او نظارت بر کارشان دارد. می‌رود و با دسته‌ای از گل‌های میخک تازه بر می‌گردد و در گلدان سفالین روی میز کوچک کنار بسترم می‌گذارد. هنگام تعویض باند و پانسمان محل جراحی و نمونه برداری که توسط تیم متخصصی انجام می‌گیرد و او بر کار آن‌ها نظارت دارد. دردناکی آن را می‌داند. در تمام آن لحظه‌ها دست بر پیشانی و دست من می‌نهد و بانگاه و کلام مهربان به من امید و قوت قلب می‌دهد و بعد با لبخندی که این جا و در این حوالیست کمی بعد خواهد آمد از من می‌خواهد که صبحانه‌ام را بخورم و کمی بخوابم و من همیشه هر صبح بعد از رفتن او چشم بر میخک‌ها می‌دوزم و به عطر غمناک آن‌ها می‌اندیشم و احساس می‌کنم که اگر غم را عطری هم باشد، عطر غمناک قرنفل‌ها و میخک‌هاست.

اکنون مدت شش هفته است که در بیمارستان دانشکده پزشکی هامبورگ بستری هستم. بیمارستانی که پرونده پزشکی وسابقه بیماری و معالجه‌های انجام شده در خصوص بیماری من در آن جاست. چون قبلا یعنی دو سال پیش هم مدتی نزدیک به یک سال در این جا بستری و مورد مداوا بوده‌ام. پنجره اطاقم رو به دریاست. می‌توانم به منظره زیبای دریا و بندر هامبورگ چشم بدوزم و عبور قایق‌ها وکشتی‌ها وپرواز پرنده‌هارا تماشا کنم. گاه دلم از این بیماری وتخت وبیمارستان چنان می‌گیرد که آرزو می‌کنم می‌توانستم از این پنجره بیرون بپرم وسوار یکی از آن کشتی‌ها شوم که به یک بندر در کشور ویا سرزمین ویا هر جای دور و ناپیدای جهان می‌روند، مرا نیز همراه خود ببرند تا در آن سرزمین دور ناپیدا وبی نام،گم شوم واندوه عشق وبیماریم را با خود ببرم و گم کنم.

گاه غم وتنهایی ودلتنگی چنان وجودم را در برمی‌گیرد که اشک ناخواسته از چشمانم می‌جوشد ومرا از خود بی خود می‌کند. می‌دانم که بیمارم. می‌دانم که روزها وهفته‌ها وشاید ماه‌ها باید در بیمارستان بمانم. می‌دانم که در این جا چاره‌ای جز دل سپردن به درمان پزشکان وخود را امید دادن وامیدوار بودن نیست. اگر چه‌امیدی هم دیگر نمانده و بیماری کار خود را کرده است و من با وجود این که می‌دانم امید بودن و ماندن و زندگی برای من کم است. اما با این همه دلم می‌خواهد

به آن چه که رویاهای تنهاییم بوده‌اند ومرا امید زندگی داده‌اند فکر بکنم و برای همین در همین جا، همین بستر بیماری که خوابیده‌ام و می‌دانم که ممکن است هرگز خانه و شهرو دیارم، رعنا و دیگر هیچ کس وهیچ چیز را نبینم با این همه باز می‌خواهم به همه آن‌ها وبیشتر از همه به رعنا فکربکنم. بگذشته وبه روزهای از دست رفته‌ام. به عشق که شادی دل بیمار من است. وقتی به رعنا فکر می‌کنم همیشه تصویری از چهره ولبخند شرمگین او در اولین دیدارمان را در ذهن و خیال و مقابل چشمم دارم.

در تختخواب که به پهلو درازکشیده‌ام. آرنج بر بالش می‌گذارم و نگاهم را بر دریا می‌دوزم. آنگاه که پرواز مرغان وعبور کشتی‌ها وگاه گذرمردمان وخلوت وراز ونیاز عاشقانه دختر وپسر جوانی را در زیر سایه درختی در فضای سبز کنار ساحل دریا می‌بینم. بر خود وسرنوشت تلخ خود ورعنا ودیگران می‌گریم و بر ملافه سفید بیمارستان چنگ میزنم. نفرینم را بر جنگ وهرآن که جنگ را آفرید می‌فرستم. اکنون پنج روز است که مورد عمل جراحی قرار گرفته‌ام. قسمتی از ریه‌ام را که نسوج آن در اثر آسیب سم بمب شیمیایی سفت شده و از بین رفته بود برداشته اند. تنم از آمپول‌ها وسرم‌ها و نمونه برداری‌ها که درد جانگاه آن را دیگر توان ندارم می‌سوزد. اما اشک‌ها و رنج و دردم را از خواهرم که با وجود سن نسبتا بالا وتمام گرفتاری‌ها که داشته و دارد

همیشه در کنار بسترم بر بالینم نشسته وهمدم تنهایی ودردهای بیماری من است پنهان نگه می‌دارم. گاه لحظه‌هایی چنان ناتوان می‌شوم که قادر به حرف زدن نیستم. فقط رویاهایم رادر خود و در ذهن وخیال خود مرور می‌کنم. اماگاه وقتی که درد به اوج خود می‌رسد. رویا هایم را هم از دست می‌دهم در آن لحظه است که می‌بینم دیگر هیچ ندارم. هیچ چیز نیستم. جز تنی رنجور وبیمار که حتی رویاها وآرزوهایش را هم از دست داده. حتی قادر نیست که به مرگ هم فکر کند و آن را آرزو کند.

ای کاش جنگ نبود. ای کاش این همه ویرانی وسرگردانی و سرنوشت‌های تلخ نبود. ای کاش کلمه جنگ آفریده نمی‌شد. این ها را این کلمه‌ها وجمله‌ها را در زیرلب با خود زمزمه می‌کنم و اشک‌هایم را از همه حتی از خودم هم پنهان می‌سازم. لحظاتی بعد که دوباره خودم را باز می‌یابم. آرزو می‌کنم که‌ای کاش می‌توانستم. می‌توانستم مثل پرنده‌ها من هم در سینه دریا پرواز کنم وبروم دور، دور، دور وگم شوم.

آن روزعصر بعد از عمل جراحی وقتی به هوش آمدم از خواهرم پرسیدم که رعنا به‌این جا آمده بود؟ چون سایه روشنی از او و حضور او را در اطاقم، کنار بسترم دیده وحس کرده بودم. حتی گرمای دستش را که بر پیشانی وصورتم کشیده بود. از این که او در اطاقم، کنار بستر

وبالینم نشسته بوده در درون خرد می‌شـوم و برخـود نهیـب مـی‌زنم و بـا خود می‌گویم: خدایا چرا او مرا بایـد در این حال با ایـن قیافـه دردمنـد وپریشـان وجسـم لاغـر وتکیـده شـیمیایی ازدسـت رفتـه می‌دیـد. دلـم نمی‌خواست او مرا در این حال می دید. این چه سرنوشت تلخیست که نصیب من شده. ای کاش می‌مردم واو مرا در این حال نزار نمی‌دید. خواهرم وقتی تغییر حال مرا دید وسوال مرا که مرتـب تکـرار مـی‌کردم شنید با تعجب گفت:

- این چه سوالیست که می‌کنی؟ رعنا هرگز به این جا نیامـده ..فکر می‌کنم آن چه که تو دیـده‌ای تصـوراتت در زمـان بیهوشـی بـوده. رعنا اصلا این جا نبوده. تو در بیهوشی وحین عمل جراحی تصـویر چه بگویم یاد وخـاطره او را داشـته‌ای ودیـده‌ای. نـه. رعنـا چطـور می‌توانست این جا باشه. نه مطمئن باش، رعنا بـه‌این جـا، بدیـدن تـو نیامده واین جا نبوده. به جای این فکر ها بهتره به چیـز هـای دیگـر، به کارهایی که بعد از مرخصی از بیمارستان بایـد انجـام دهـی فکر بکنی. ما حالا منتظر نتیجـه آخـرین آزمایش‌هـا ونمونـه‌ها هسـتیم. صبح که با دکتر معالجت صحبت کردم. او خیلی امیدوار بود. چون نتیجه آزمایش‌های قبلی یعنی دوروز پیش خیلی خـوب بـوده گفـت که تو نجات یافته‌ای. بله تـو نجـات یافتـه‌ای دادش من یـک چنـد

روزی هم تحمل کن حالت خوب میشه و برمی‌گردیم و می‌رویم به خانه و سر زندگیمان. بعد خواستی ..

خواهرم همین طور یک ریز حرف می‌زند ومن دیگر توجهی به حرفهای او ندارم ونمی‌شنوم. فقط به رعنا می‌اندیشم. حالا می‌فهمم آن چه که احساس می‌کردم و در آن حالت اغما وبیهوشی دیده‌ام، رویا وخیال بوده حقیقت نداشته. رعنا در اطاق من و کنار بستر من نبوده. آن چه که دیده‌ام تصور وخیال بوده وخیال است. حتی وقتی که چند بار دستش را روی پیشانی و صورتم کشید وبوسید. تصور وآرزویی بوده که در ذهن داشته‌ام و بعد از به هوش آمدن فکر کرده‌ام که واقعیت دارد. نه نه، همه آن‌ها رویا وخواب بوده اند. آه‌ای یار ای یار

* * *

صبح آن روزی که از رعنا و ایوار پیر خدا حافظی کرده و به اورمیه برگشتم. خواهرم نگران در خانه منتظرم بود. وقتی مرا دید از حالم پرسید وبعد که دستمال خونین را در جیب کتم که وسایلش را خالی می‌کرد تا به خشکشویی بدهد دید رنگش پرید و بعد از تماس تلفنی با دخترش میترا و چند جای دیگر، نزد من که در اطاقم روی تخت دراز کشیده بودم آمد وگفت:

- با میترا صحبت کردم و جواب آزمایش وحال وروز تورا گفتم. قرار شد که با بیمارستان تماس بگیرد. ما هم فردا می رویم تهران.

روز پنجشبه هم می رویم هامبورگ. میترا آن جا منتظرمان خواهد بود.

در جوابش فقط گفتم: باشه.

می‌دانستم که چقدر نگران سلامتی من است. چشم در اطراف اطاق روی تابلوهای نقاشی، عکس‌ها، میز وصندلی وتمام وسائل واشیایی که در اطاق بودند، گرداندم، دیدم در قفسه کتاب‌ها کنار عکس من در گلدان بلورین کوچک چند شاخه میخک به رنگ‌ها سرخ وسفید گذاشته. اشکم گرفت. دستش را گرفتم وبرای تشکر بوسیدم وگفتم:

-    باشه می‌روم بلیط هارا تهیه می‌کنم

-    تو نه من می‌روم. به درنا تور زنگ زده‌ام وسفارش بلیط ها را داده‌ام نگران نباش. فقط استراحت کن. تو باید سلامتیت را پیدا بکنی. شام برایت سوپ آماده کرده‌ام. حالا استراحت کن. بعدا حرف می‌زنیم.

بلند شد ورفت. در حالی که اشک‌هایش را از من پنهان می‌کرد. بعداز رفتن او در تنهایی چشم بر کتاب‌ها وگل‌های میخک دوختم.گل‌های میخکی که اکنون به همراه دستمالی سفید معنی دیگری برای من یافته بودند. آیا آن‌ها فقط نشانه‌های یک خاطره اند ویا چیزی دیگرند. نمی‌دانم و باز نمی‌دانم چرا در خواب وبیداری من حضور دارند و در آخرهم همراه با لکه‌های خون نشسته بر سفیدی دستمال بر آب

می‌نشینند و می‌روند ویا آب‌ها آن‌ها را می‌برند. همانطور که مرا برده‌اند. آیا آن‌ها هم حقیقی نیستند. فقط سایه‌ای از حقیقت آن چه که وجود داشته و دارد واتفاق افتاده هستند. این فکرها ذهن مرا مشغول خود نموده‌اند. بخصوص از زمانی که دستمال سفید را از رعنا بعد از پاک کردن خون زخم خراش گونه‌ام گرفتم. تمام خواب و رویایم دستمالی سفید با لکه‌ای خون و چند شاخه قرنفل و میخک شده. چه در خواب ورویای پر از اضطراب آخرین شب اقامتم در مهمانخانه و گل‌های میخکی که در دستمالی سفیدی در خواب بر سطح آب دریا شناور بود و چه گل‌های قرنفل ومیخکی که در دستمالی سفید رعنا صبح روز بعد در حیاط مهمانخانه به من داد.

و جالب این که در نخستین ساعات روزی که در هامبورگ در بیمارستان بستری شدم. پرستارم همان دختر بلند قد خوشرو ومهربان در گلدانی سفالین چند شاخه گل میخک آورد و روی میز کوچک کنار تختم گذاشت وگفت:

-    خواهرتان گفتند که شما گل‌های میخک را دوست دارید.

و لبخند زد و رفت و روز بعد وقتی از خواب بیدار شدم، دیدم گل‌ها نیستند وقتی سراغ گل‌های میخک را گرفتم و از پرستار پرسیدم گفت:

-    ما اعتقاد داریم گل‌ها قبل از پژمرده شدن بهتراست به آب سپرده شوند. من آن‌ها را دادم تا با گل‌های دیگر به آب دریا بسپارند،

آب‌ها آن‌ها را می‌برند. ولی من گل‌های میخک تازه برایتان می‌آورم.

واکنون که بعد از ماه‌ها بیماری و دوری از وطن به خانه و زادگاهم برگشته‌ام. می‌بینم خواهرم در قفسه کتابخانه کنار عکسم گل‌های میخک نهاده. به عقیده شما آیا این‌ها فقط یک رویا ست ویا یک اتفاق ساده و یا سایه‌های خاطره عشقی که هنوز با من است. حتی روزی با مرگ من هم چون عطر غمناک قرنفل ومیخک، نا مشخص ونامحسوس اما موثر در فضا ومیان نگاه ما می‌گردد. همانطور که عشق و سایه‌ها وروح عاشق ما می‌گردند تا با گذر روزها و سال‌ها مثل حباب‌های باران، آب‌ها آن‌ها را ببرند. هم چنان که او را ومرا بردند.

۱۰

دست‌هایش با وجود گذشت ایام هنوز ظریف و لاغر و کشیده بودند. طرز و شکل و نحوه گرفتن قلم مو در دست و حرکت آن روی بوم نقاشی را، یک به یک به هفت دختر و پسر نوجوان که دور تا دورش در دایره‌ای کوچکی روی ماسه‌های نرم ساحلی نشسته بودند یاد می‌داد. به نوبت قلم مو را در دستشان قرار می‌داد و آرام آن را رو بوم حرکت می‌داد و بچه‌های دیگر هم همراه با او آن کار را می‌کردند. بچه‌های کوچک زیبای روستا و شهرک ساحلی دریاچه. با او چه راحت و نزدیک و صمیمی بودند و چه معلمی داشتند و او چه با حوصله و دقت حرفها و سوال‌های آن‌ها را گوش می‌کرد و چه مهربانه پاسخ می‌داد.

بعداز ظهر یکی از روزهای اواخر شهریور ماه بود. او کودکان یا بهتر است بگویم شاگردانش را همراه خود به ساحل دریاچه آورده بود و کلاس نقاشیش را کنار ساحل برگزار می‌کرد. گرم وغرق کارش بود. توجهی به اطرافش نداشت. او را که در ساحل با بچه‌ها دیدم، نخواستم نزدیک رفته و مزاحم کارش شوم. دورتر روی قطعه سنگی نشستم و چشم بر او دوختم.

ماه پیش، بعد از یک سال واندی که به زادگاهم برگشتم. همه جا در بسیاری از محافل صحبت از او بود. زنی نقاش که در ساحل دریاچه در دهکده نزدیک شهرک ساحلی تنها زندگی می‌کند. اما از زندگی و گذشته او کسی چیزی نمی‌دانست. فقط شنیده بودند که نامزدش که مجروح وموج زده جنگی بوده در دریاچه گم شده و او هم که بدنبال نامزدش آمده بوده دیگر بر نگشته و همان جا مانده وساکن شده. خبرها،روایت‌ها ونقل وقول‌ها درمورد او وزندگی وسرگذشت او مختلف ومتفاوت بود. شنیدن بعضی از آن‌ها که غیر واقعی ودروغ بودند. برای من که اورا می‌شناختم و تمام لحظه‌های زندگیم را با عشق وخاطره و یاد او گذرانده بودم. گاه دشوار وگاه ناراحت کننده بود. او قسمت بزرگی از گذشته وزندگی من بود و من یک لحظه هم نمی‌توانستم او را فراموش وانکار کنم در طول مدت بستری و درمان

من در بیمارستان با خواهرم منیژه در تماس بود. مدام زنگ می‌زد و جویای حالم می‌شد. گاه خواهر گوشی را به من می‌داد ودقایقی طولانی با هم صحبت می‌کردیم. باید این را هم اعتراف کنم که بیماری و ماه‌ها بستری بودن در بیمارستان و تحمل جراحی و درمآن‌های طولانی مرا بسیار تغییر داده بود. لاغر وتکیده وشکسته شده و چشمانم گود رفته وموهایم به سفیدی زده بود، رنجور وکم طاقت و زود رنج شده بودم. برای همین در هر جا ومحفلی که صحبتی در خصوص او ویا در حول محور مسائل او می‌شد، تحملم را از دست می‌دادم. ناراحت و غمگین و عصبی آن مکان ومحفل را ترک و به انزوا و تنهایی خود پناه می‌بردم. بعد از روزها استراحت و باز یافتن توان و روحیه خود به مهمانخانه ساحلی آمدم. دیگر احساس سلامتی وتوان می‌کردم و بسیار کنجکاو وعلاقمند بودم که بدانم که به سر نامزدش مهرداد چه‌آمده؟ چه شده،کجا رفته وچرا دیگر خبری از او نشده؟ هم چنین می‌خواستم اورا ببینم و از وضع زندگی و گذران روزهایش با خبر شوم. اگر چه او وقتی از بازگشتنم با خبر شد با دسته گلی به دیدار وعیادتم آمد و ساعتی با من و خواهرم به صحبت نشست اما از مهرداد و ناپدید شدن او و علت بازنگشتنش به امریکا و خریدن خانه و ماندنش در شهرک ساحلی چیزی نگفت و من هم سوال نکردم. اما می‌دانستم که منتظر است.

همان‌طور که از دور نگاهش می‌کردم. یک لحظه از نیمکت کوچک تاشویش بلند شد وایستاد و اطراف و دریاچه وافق دور دریاچه را به بچه‌ها نشان داد و چیزهایی گفت وبعد با دست موهایش را از مقابل صورتش کنار زد. احساس کردم لاغر شده و پیشانیش کمی چین انداخته. عینکش را هم چنان به چشم داشت وگرم کارش بود. ساعتی بعد که کلاس وکارگاه نقاشیش با بچه‌ها تمام شد. وسایلش را جمع کرد وکمک کرد تا شاگردانش هم وسائلشان را جمع کنند. بعد کیف و وسائلش را برداشت و همراه آن‌ها رو به طرف روستا وشهرک ساحلی راه افتاد که برود. بلند شدم به طرفش رفتم. صدای پا ونزدیک شدنم را شنید، برگشت که ببیند کیست گفتم:

- سلام رعنا.

متعجب اما خوشحال با همان لبخند مهربان همیشگیش، نگاهش را توی صورتم دوخت و گفت:

- سلام تو هستی رای؟ این جا چه می‌کنی؟

گفتم:

- آمده بودم در ساحل قدم بزنم، تو را با بچه‌ها دیدم. نخواستم مزاحم کارت شوم، منتظر شدم که کارت را تمام کنی.

- ای کاش می‌آمدی. حالت خوبه؟

بعـد مثـل گذشـته دسـتی بـه موهـایم کشـید واز روی پیشـانیم کنـارزد و گفت:

- لاغر شده‌ای آقا.

- بله لاغر و شکسته شده‌ام.

- شکسته نه، اما لاغر شده‌ای، چند وقت اسـتراحت بکنـی بـاز چـاق می‌شوی.تو باید خیلی مراقب خودت باشی آقا.

بعد نگاهی به بچه‌ها کرد و گفت:

- آن‌ها منتظرند. من باید همراهشان بروم.

گفتم:

- اگر اشکالی نداره من هم هم همراهتان بیایم.

گفت: نه چه اشکالی.

راه افتادیم گفتم:

- بالاخره‌امدی و این جا ماندگار شدی نه؟

خندید و گفت:

- خواستم در شهر شما نزدیک شما باشم آقا.

پرسیدم:

- چرا به‌امریکا بر نگشتی؟

گفت:

- بعد از رفتن تو من هم قصد رفتن و برگشتن به‌امریکا را داشتم. مدتی در مهمانخانه ماندم و منتظر شدم. اما از سهراب هیچ اثر وخبری نشد. فقط مراد جنگلبان خبر داد که یکی از جنگل نشینان او را دیده بوده که با قایق به طرف جزیره وسط دریاچه می‌رفته. چند روز بعد قایق واژگونی را نزدیک جزیره یافتند. اما فقط قایقی واژگون بود. معلوم نبود قایق مال او ست و یا نه، از او هم هیچ اثری نبود. همه جا را گشتند اما هیچ نشان و اثری از او نیافتند. خیلی ها معتقد بودند که از این جا رفته و بعضی ها هم می‌گفتند غرق شده. اما اگر غرق شده بود بالاخره تن غرق شده اش را می‌یافتند. ناگزیز مدتی هم منتظر شدم. در همان روزها بود که از امریکا زنگ زدند و خبر دادند که بابام فوت کرده.

- فوت کرده !؟

- بله

- خیلی متاسفم، چرا به من نگفتی

- تو مریض بودی، نباید تو را ناراحت می‌کردم

- روحش شاد چه مرد مهربان و نازنینی بود

- بله، خیلی مهربان بود همه چیز من بود، بعداز شنیدن خبر فوت بابام شماره تلفن وآدرسم را در امریکا به‌ایوار دادم وهمه چیز را به او سپردم و به‌امریکا برگشتم. چند هفته‌ای آن جا بودم. با فوت بابام،

مادرم آمده بود و نزد برادرم به سر می‌برد. چند هفته‌ای در خانه‌ی آن‌ها بودم اما نمی‌توانستم مدت زیادی نزد آن‌ها بمانم. . باید برای خودم خانه ویا آپارتمانی اجاره می‌کردم و وسائلی می‌خریدم و به دنبال وکار وزندگی تازه‌ای می‌رفتم. اول تصمیمم همین بود. بعد دیدم بابام که دیگه نیست، مادرم هم خیلی پیر شده و کسانی هم که من منتظرشانم و یا منتظر منند. این جا هستند.یعنی تو، سهراب و دیگران، این جا دوستانی دارم که احساس می‌کنم تنها نیستم. یعنی چطوری بگویم. فکر کردم و دیدم این جا راحت ترم. برگشتم وبا کمک آقای ایوار خانه‌ای خریدم و مشغول نقاشی وکار شدم. کلی کارهای تازه و خوبی کشیده‌ام، باید بیایی بینی. هر وقت هم لازم شد. نیاز بود و یا دعوت داشتم. می‌روم ودر نمایشگاه‌ها شرکت می‌کنم. کارهایم را ارائه می‌دهم. فکر می‌کنم سرنوشت من این بوده که‌این جا باشم. هر اتفاق دیگری هم اگر قراره بیفتد، بهتر است که‌این جا بیفتد. این جا تو هستی. همین بچه‌ها وخیلی‌های دیگر هستند. با مادرم هم صحبت کرده‌ام. قبول کرده که بیاید و یک مدتی این جا نزد من بماند، من دیگر به هیچ چیز دیگری فکر نمی‌کنم. بگذریم تو از خودت بگو، بگو چه می‌کنی. کار تازه چه داری؟

- من هنوز خودم را نیافته‌ام. کار تازه‌ای هم ندارم. جز چند شعر و داستان کوتاه

- خوب آن چند شعر و داستان کوتاه خودش خیلی کاره، در ثانی تو مریض بودی باید یک مدتی استراحت بکنی و بعد.

- بله‌اما اگر فرصت باشد وبتوانم.

به دم در خانه اش رسیده بودیم خانه اش ویلای کوچکی با ایوانی مشرف به دریا بود که می‌شد از آن هر لحظه چشم به ساحل ودریاچه دوخت وطلوع وغروب آفتاب را تماشا کرد وتنهایی را در تکرار این طلوع وغروب‌ها خلاصه نمود. کنار در خانه اش درخت بید سرخ جوان وخوش ترکیبی بود و در مقابل خانه اش طرف دیگر کوچه، سه درخت بلند وکهنسال سپیدار قرار داشتند. رعنا از شاگردانش خداحافظی کرد و بعد ایستاد و نگاهش را به بالای درخت سپیدار وسطی که بلندتر از همه بود و شاخه‌های سبزش در آن بالا به طرف آسمان قد کشیده بودند دوخت و به کلاغی که آن بالا در بالاترین شاخه نشسته بود دست تکان داد و بعد گفت:

- آن دوست منه، هر روز با هم احوال پرسی می‌کنیم. باید بروم برایش دانه بریزم

بعد با همان تبسم وچهره گشاد نگاهم کرد و گفت:

- رای نمی‌خواهی بیایی تو چایی بخوری؟

گفتم :

- نه، باشه برای بعد. شاید فردا و یا روزی دیگر.

گفت: باشه. پس خدا حافظ. مراقب خودت باش

خدا حافظی کرد و رفت و من هم قدم زنان و آرام به طرف مهمانخانه برگشتم. در حالی که اندوهی گزنده و تیره از عشق و تقصیر بردلم نشسته بود و در ذهن و دل و جانم می‌پیچید و تمام وجودم را در بر می‌گرفت. احساس می‌کردم که دارم تاوان پس می‌دهم. تاوان سرنوشت را، اما رعنا چرا باید تاوان پس می‌داد؟ ازدواج او با سهراب که گناه و خیانت به عشق نبوده. بلکه پاسخ به عشق و کمال آن بوده. او با این فکر و باور که من مرده‌ام با فردی چون من، همزاد من و من دیگر ازدواج کرده بوده و اکنون که اورا هم از دست داده. سوگوار است. سوگوار زندگی از دست رفته‌اش. هر چند که همیشه با لبخند و چهره زیبا و معصوم و نگاه پر از مهربانش، غم و درد درونش را به هیچ کس، بخصوص در دیدار و صحبت با من نشان نمی‌دهد. ولی من با تمام وجودم آن را احساس می‌کنم وبرای همین گاه از شرم و احساس تقصیر و گناه قادر به نگاه کردن به صورت او نیستم و هر لحظه در درون خرد و خراب می‌شوم. شما فکر می‌کنید چه احساسی جز این می‌توانستم و می‌توانم داشته باشم. در زندگی هیچ چیز دشوارتر از آن نیست که انسان ناخواسته، مجبورشود عزیزی را با دست خود از دست بدهد. بی آن که

از او سوال کند و او هم بخواهد و راضی باشد. من چنین کرده‌ام و برای همین دارم مجازات می‌شوم، تاوان پس می‌دهم اما رعنا چرا؟ او چرا باید مجازات شود و تاوان پس دهد؟ با این فکر وخیال‌ها روی توده نمک های کنار ساحل نشستم و چشم برآب‌های شور دریاچه دوختم. فـردای آن روز و روز بعـد را همـه اش در اطـاقم در مهمانخانـه بـه استراحت ونوشتن گذراندم. تنها هم صحبتم در آن روزها ایوار پیر بود که گه گاه صبح‌ها ویا بعد از ظهرها نزدش مـی‌رفتم وبـا او بـه صـحبت می‌نشستیم. پیرمرد کم کم نزدیکترین دوست و هم راز من شده بـود و با صبر وحوصله واشتیاق به درد دل وصـحبت‌های مـن گـوش می‌سـپرد. روز سوم نزدیک ظهر وقتی نزد ایـوار رفتم. او گفـت کـه رعنا خانم زنگ زده بود و حالت را می‌پرسید. تلفن راوصل کردم بـه اطاقـت ولی پاسخ ندادی.آمدم دیدم خوابیده‌ای.

پرسیدم: چه می‌گفت

- چیزی نمی‌گفت، نگرانت بود. می‌خواست بداند که هنوز این
   جا هستی ویا برگشته‌ای ورفته‌ای

- سعی می‌کنم بعد از ظهر ویا فردا به دیدنش بروم.

بعداز ظهر همان روز بدیدنش رفتم. خدمتکار پیرش در را گشود. رعنا با کیفی سنگین داشت از پله‌های ایوان پائین می‌آمد. فهمیدم که در حال رفتن به جاییست. مرا که دید گفت:

- رای تو هستی. من داشتم می‌رفتم. اما، باشه بیا تو.

گفتم:

- نه من آمده بودم ببینمت. تو به کارت برس. کجا می‌خواستی بروی؟

- به جنگل. بچه یکی از جنگل نشین ها مریضه. باید بدیدنشان بروم.

- اگر بخواهی من هم همراهت می‌آیم.

- تا دم جنگل باشه بیا، ولی توی جنگل نه، چون هوای آن جا برای تو خوب نیست.

- تا آن جا که بتوانم همراهت می‌آیم.

گفت: باشه

بعد کمی درنگ کرد. انگار ناراحت شده بود گفت:

- باید ببخشی رای، می‌دانم خیلی بد شد. اما من باید این‌ها را به آن‌ها می‌بردم.

گفتم:

- نه مسئله‌ای نیست. من آمده بودم که ببینمت. الان هم می‌خواهم همراهت بیایم.

کیف را که کمی سنگین بود به زحمت برداشت. گفتم:

- اجازه بده من بردارم.

گفت:

- نه تو هنوز مریضی، نباید خودت را خسته بکنی.

- نه، دیگر مریض نیستم. خوب شده‌ام.

- باشه، باز هم باید مراقب باشی.

- لااقل بگذار از یکی از بندهاش بگیرم.

قبول کرد و گذاشت که ازیکی از دسته‌های کیف بگیرم و همراه او به طرف جنگل راه افتادیم. بعد از خروج از شهرک و گذشتن ازپهنای جاده از کوره راه شیب داری که به طرف جنگل امتداد داشت راهی جنگل شدیم. همانطور که سر به پایین انداخته و راه می‌رفت. نگاهش کردم. دیدم در وجود و چهره ی او چیزی جز مهربانی و خوبی وجود ندارد. متوجه نگاه‌های من شد با خنده پرسید:

- رای باز چی؟

- هیچی فقط نگاهت می کردم.

- رسیدیم به جنگل تو دیگر برمی‌گردی آقا.

- نه اگر تو نخواهی همراهت بیایم. همان جا منتظرت می‌مانم خانم.

- برای چی؟

- خوب نگرانم و می‌خواهم بیشتر ببینمت

- وقت زیاد است فردا و یا پس فردا ویا روزهای بعد باز همدیگر را می‌بینیم.

- ولی من آمده بودم باتو صحبت کنم. می‌دانی رعنا، من مدت‌هاست که احساس دیگری دارم. یعنی چطور بگویم، احساس گناه

می‌کنم. احساس می‌کنم که باعث تمام ناراحتی‌ها و مشکلات تو من شده‌ام برای همین می‌خواهم جبران کنم. می‌خواهم اگر اجازه بدهی و راضی باشی، بیشتر نزدتو و کنار تو باشم، کمکت کنم واگر شد با تو زندگی کنم.

به کنار جنگل رسیده بودیم. رنگ رخسارش عوض شد. کیف را زمین گذاشتیم، نفسی عمیقی کشید و گفت:

- این حرف‌ها چی که می زنی؟ تو نباید احساس گناه و تقصیر بکنی. تو که درحادثه ومسائلی که برای من پیش آمده نقشی نداشته‌ای،اتفاق‌هایی بوده که افتاده. نه تو و نه من هرگز نمی‌خواستیم زندگیم این چنین بشه، حالا شده. من فکر می‌کنم این سرنوشت ما بوده. ازتو می‌خواهم دیگر به‌این مسائل فکر نکنی. تو الان این جا در این شهر، تنها و نزدیکترین کس من هستی. می‌خواهم این را هم بدانی تو برای من همیشه همان رای بودی و هستی و خواهی بود. هر وقت هم که بخواهی می‌توانی بدیدنم بیایی و پیش من بمانی.

حرفش را قطع کرد ونگاهش را تو صورتم دوخت وبعد با خنده اما با تاکید گفت:

- البته فقط به عنوان یک دوست.

- به عنوان یک دوست؟

- بله فقط به عنوان یک دوست، حالا برگرد برو، من هم بروم بدنبال کار خودم.

- نه من می‌خواهم همراه تو بیایم. تو نمی‌توانی این کیف را به تنهایی برداری. من باید کمکت کنم.

کمی فکر کرد وبعد گفت:

- ولی هوای جنگل برای تو خوب نیست.

- سعی می‌کنم جلو دهانم را با دستمال بگیرم.

- باشه، حالا که اصرار داری بیا، سعی می‌کنیم زود برگردیم.

کیف را برداشتیم و راه افتادیم. از ابتدای جنگل که گذشتیم. در طول راه تمام توجهش به کوره راه میان جنگل و درخت‌ها بود. انگار دو باره مثل همیشه، همه را وهمه چیز را در ذهن وخاطرش مرور می‌کرد. به کنار برکه میان جنگل نزدیک کلبه‌های جنگل نشینان که رسیدیم. ایستاد و برگشت متفکرانه نگاهم کردوقتی مطمئن شد که حالم خوب است گفت:

- رای تو همین جا کنار برکه می‌مانی. من می‌روم و برمی‌گردم.

گفتم:

- باشه.

کیف را با همه سنگینیش برداشت و به طرف کلبه‌های مردم جنگل رفت. من هم کمی ایستادم وبعد در پی او آرام راه افتادم. به یادم آمد

که درگذشته از تنها رفتن به جنگل و میان مـردم جنگل می‌ترسـید.اما اکنـون بـا گذشـت زمـان گـویی آن تـرس انـدوهش شـده بـود کـه در سکوتش آن را همراه خود می‌برد. از راه باریک جنگل مستقیم به طرف کلبه‌های جنگل رفت وچیزهایی را که در کیف با خود برده بود، میـان آن‌ها قسمت کرد و در چند کلبه جنگلی با مـردم جنگـل و کودکانشـان بـه صـحبت وگفتگـو نشسـت. از مقابل چنـد کلبـه مـردم جنگـل کـه می‌گذشتم از پنجر کلبـه‌ها دیـدم کـه تعـدادی از تابلوهـای نقاشـیش را بر دیوار کلبه‌هایشان آویخته‌اند. تابلوهـایی از انفجـار بمـب هـا و مـین هـا. جنازه سربازها، پرنده‌های مرده، تنه شکسته گل‌ها و درختان کنار بر کـه جنگل و مردمانی با نگاه وچهره‌های ترس گرفتـه و مـردی مسترده و غرق شده در آب که سـویه وجهـت نگـاهش معلـوم نیسـت. محو وسرگرم تماشای تابلوهای آویخته او بر دیـوار کلبـه‌ها بـودم کـه دیـدم بازگشـته ودارد می‌آید. به سرعت رفتم و در همان جایی که قبلا بودم ایستادم و منتظرش شدم اما او در امتداد کـوره راه بـه طـرف پـائین جنگل رفـت. نگران شدم و دنبالش رفتم. وقتی به محوط نسبتا بازی که درختان قطـور وکهنسال داشت رسید در برابر درخت بلوط پیر بلنـد وتنومنـدی ایستاد ونگاهش را به تمشک‌های اطراف بلـوط دوخـت. لحظه‌ها پـای بلـوط میان تمشک‌های کنار درخت ایستاد وسرش را بر تنه پیـر بلـوط تکیـه داد. یادم آمد که مراد جنگلبان گفت آن‌جا زیر آن درخت بلـوط کنار

تمشک‌ها محل نخستین کلبه ویا آلاچیق سهراب درهمان اوایل ورودش به جنگل بوده. رعنا انگار با خود چیزی می‌گفت و می‌گریست و صدایی می‌شنید که من آن‌ها را نمی‌شنیدم. وقتی برگشت صورتش پوشیده از اشک بود و در دستش مشتی تمشک سرخ که با خون زخم دستش آمیخته بود. نگاهش که به من افتاد چیزی نگفت. سعی کرد اشک واندوهش را پنهان سازد. اما من غم و اندوه و زخم دردگین و عمیق روح او را حس می‌کردم و می‌فهمیدم. می‌دانستم که غم او چیست و روح و خاطرش از چه غمگین وآزرده است؟ آن طور که‌ایوار پیر می‌گفت: چند ماه پیش یکی از جنگل نیشنان به رعنا خبر می‌آورد که جنازه و تن غرق ومتلاشی شده سهراب را نزدیک ساحل جنگل بالا دیده است. رعنا همراه او ومراد جنگلبان وچند مرد دیگر به محلی که مرد جنگل نشین نشان داده بود. می‌روند اما جنازه مهرداد را نمی‌یابند. هر چه جستجو می‌کنند. هیچ نشان و اثر بدست نمی‌آورند. ناگزیر برمی‌گردند و از آن روز تا مدتی رعنا سوگوار سهراب می‌شود و می‌فهمد که او را از دست داده است.

ساکت و آرام در کنار اوراه افتادم و درسکوت او شریک شدم. هر دو آرام در خیال وتفکر تنهایی خود. خود را و زندگی وگذشته و تمام خاطره‌هایمان را مرور می‌کردیم. بی آن که به کندی قدم‌هایمان وغروب آفتاب توجه داشته باشیم. وقتی از جنگل بیرون آمدیم.آفتاب

غـروب کـرده و هـوا تاریـک شـده بـود. آرام وبـا احتـیاط از همـان راه شیب‌دار کوهستانی بـه شـهرک ساحلی برگشتیم. کنار خانه‌اش کـه رسیدیم. من خواستم خدا حافظی کنم و به مهمانخانه بر گردم. نگذاشت وگفت:

-   رای خسته شده‌ای باید کمی استراحت بکنی. بیا چیزی بخور کمی استراحت کن بعد اگر خواستی برو.

گفتم:

-   ولی دیروقته.

به ساعتش نگاه کرد وگفت:

-   زیاد هم دیر نیست. در ثانی من می‌خواهم کارهای تازه‌ام را ببینی. دیدن کارهای تازه اش شوق وامید تازه‌ای در دلم دمیـد. قبـول کـردم و برای اولین بار قدم به خانه اش گذاشتم. وارد حیـاط خانـه‌اش کـه شـدم بوی گل یاس در فضای حیاط خانه‌اش پیچیده بود. یادم آمـد در تهـران کنار دیوار بلند حیاط خانه شان گل یاس بزرگی بود و او با کاشتن ایـن گل کنار دیوار خانه کوچکش،خاطره آن را در این جا تکرار کرده بود. از پنج پله کوتاه‌ایوان کـه بـالا رفتـیم. دیـدم کنار نـرده‌ایـوان، گل‌هـای شمعدانی و میخک وشـب بـو در گلـدآن‌های سفالین چیـده. خانـه‌اش کوچک اما معماری وفضای صمیمی و زیبایی داشت. در طبقه همکف خانـه اش خـدمتکار پیـرش بـا شـوهرش بـه سـر می‌بـرد. در طبقـه اول

آشپزخانه با غذاخوری و پذیرایی بصورت باز وپیوسته و اطاق مهمان که مشرف بر ایوان قرار داشت و در طبقه دوم، دو اطاق خواب با تراسی بزرگ بود که یکی را اطاق خواب ودیگری راکارگاه نقاشی ومطالعه‌اش کرده بود. درحقیقت زندگی رعنا بیشتر در آن جا می‌گذشت. اشیا و وسائل و مبلمان خانه‌اش را به طرز ماهرانه‌ای زیبا و مدرن و شیک انتخاب کرده و مناسب چیده بود. تمام دیوارهای خانه‌اش پوشیده از تابلوهایش بود. بعد از گردش ونشان دادن تمام اطاق‌ها وگوشه وزوایای خانه اش، برای دیدن وصحبت در خصوص تک تک کارهای تازه‌اش ترجیح داد که در اطاق کار ومطالعه ویا همان کارگاهش بنشنیم. در اطاق کارش علاوه بر انبوه تابلوها، میز مطالعه، قفسه بزرگ کتاب‌ها با دو صندلی گردان و مبلی چرمی و آیئنه‌ای بزرگ قدنمایی بر روی دیوار مقابل در قرارداشت وگلیمی خوش طرح ورنگ برکف اطاق انداخته بود. بعداز نشستن پرسید: شام چه میل داری؟

گفتم:

- می‌دانی که من معمولا شام نمی‌خورم. اگر لیوانی شیر با قطعه‌ای کیک یا شیرینی باشه کافیه.

پرسید:

- قهوه هم باشه.

گفتم:

- عالیه.

می‌دانست که به قهوه خیلی علاقه دارم. رفت و کمی بعد در سینی بزرگی لیوانی شیر با چند قطعه کیک و آب جوش و قهوه آورد. من اما محو تماشای کارهای تازه‌اش روی دیوار کنار پنجره بودم و هیچ نفهمیدم کی برگشته. وقتی آهنگ صدایش را از پشت سرم شنیدم که گفت:

- کارهای تازه‌ام را چطور می‌بینی؟

یکه خوردم.یاد اولین دیدار و طنین صدایش در نگارخانه نزدیک دانشگاه افتادم و مثل همان زمان گفتم:

- فوق العاده اند.

وسرم را که برگرداندم چهره ونگاه ولبخند وطنین صدایش همان بودند. خودش هم فهمید که در چه فضا وخاطره‌ای بسر می‌برم. خندید وگفت:

- بیا بنشین رای حرف برای گفتن زیاد داریم.

نشستم و نگاه بر نگاهش نهادم و او شروع به توضیح وشرح کارهای تازه اش کرد. باید بگویم وقتی بعد از سال‌ها با کار و تابلو های تازه‌اش روبرو شدم. لحظه‌ها شگفت زده در فضا وسوژه و فرم آن‌ها، محو وگم بودم. دیگر از آن سبک وکارهای گذشته با رنگ‌های سرد و

گاه گرم در فضای آبستره دوره دانشکده دوره ویا کارهای دوره جنگ با موضوع وسوژه‌های جنگ وجنگل ومرگ وانفجار بمب ودریا با رنگ‌های سیاه وسرخ وتیره خبری نبود. درکارهای تازه اش آفتاب بود و رنگ‌هـای زنـده و شـاد و جـذاب درسـبکی فـرا واقع‌گرایانـه (سورائالیسم)که در مرز میان واقعیت و خیال آفریده شده بودند. سبک وفرم کارش در اوج تازگی و نوع آوری شانه به شانه اصالت بیان ویا همان سبک اکسپرسیونیسم می‌زد و از آن می‌گذشت و مرز بین واقعیت و خیال را آشفته می‌کرد. کارهای شگفتی بـود از ترسـیم رویـش یـک بوته گل میان نمک وسنگ و یا رخساره رنگین یک شن در میان آب ویا توفیدن باد بر پنجره‌ها در فضـای دیگرسـان نـاممکن ونـاگفتنی. در تمـام تابلوهـایش چیزی جریـان داشـت. حرفی و نـاگفتـه‌ای کـه اتقـاق می‌افتـاد وآدم هرچقـدر می‌گشـت و فکر می‌کـرد آن اتفـاق راکـه در هویـت سـمبلیک و رنگـین نشـان داده شـده بـود، نمی‌یافـت. وقتـی از خودش پرسیدم،گفت:

- آن فقط یک احساس است. جون همیشه حس می‌کنم کـه یـک چیزی اتفاق خواهد افتاد ومی‌ترسم.
- چی؟ چه چیزی اتفاق خواهد افتاد؟
- نمی‌دانم شاید یک چیزی مثل مرگ که من آن را در رنگ کبـود وسرخ مثل دلی آویخته در مسیرباد نشان داده‌ام.

- چرا مرگ، شاید منظورت یک نوع دیگرگونی ست که بارنگ‌ها حضورش را نشان داده‌ای و این حس وحالت یک چیز طبیعی است در شعرهم اتفاق می‌افتد و ما گاه کلماتی بکار می‌بریم که کلا جنبه ومفهوم سمبولیکی بیان یک حس را دارند.

- شاید.

آنقدر گرم صحبت وبحث در خصوص کارهای او بودیم که ندانستیم زمان چگونه گذشته وفنجان قهوه‌هایمان سرد شده. وقتی از من خواست که یکی از شعرهای تازه‌ام را برایش بخوانم. تازه متوجه گذر زمان شدیم ومن پرسیدم:

- ساعت چنده؟

گفت

- یک ونیم بامداد.

وبعد گفت:

- در فکر طراحی کار تازه‌ای بر اساس یکی از شعر های توهستم. هفته‌هاست که به آن فکر می‌کنم. شعریست که زیبایی جهان ومرگ را در آن خوب تفسیر نموده‌ای. تو آن را سروده‌ای و من تصویرش خواهم کرد.

گفتم:

- خیلی دوست دارم وقتی تمام کردی آن را ببینم.

گفت:

- حتما تقدیم به تو می‌کنم.

دیر وقت بود بعد از خواندن چند شعر وبحث گفتگو در خصوص آن‌ها بلند شدم که بروم. گفت:

- این وقت شب خوب نیست که بروی. بهتراست این جا بخوابی.

و رختخوابم را پائین در اطاق مهمان آماده کرد. در تختخواب دراز کشیده وچشم بر ایوان وگل‌های گلدان‌های سفالین دوخته بودم که در را گشود وآمد با لیوان آبی در دست. آب را روی میز کوچک کنار تخت گذاشت و لحاف رویم را مرتب کرد و بعد روی صورتم خم شد ونگاهش را در نگاهم دوخت. چشمانش مملو از اشک بود. نه او حرفی گفت و نه من، وقتی لبانش روی گونه‌ام نشست. دیگر چیزی نفهمیدم فقط شور احساس بود و عطر نفس‌ها با زیبایی طپش قلب او.

۱۱

از آن روز به بعد هر چند گاه بدیدنش می‌رفتم و همـدم تنهـاییش بـودم زمستان گذشت. بهـار سـال بعـد در نمایشـگاه نقاشـی نقاشـان آسـیا در پاریس شرکت کرد و دو بارهم در نیویورک بطور مستقل آثارش را به نمایش گذاشت و درآمد خوبی از فروش تابلوهایش کسب کرد. امـا از آخرین سفرش که از امریکا برگشت. کمی نـه خیلـی عـوض شـده بـود لاغر و تکیده وعصبی بود و دائما نگران. بیشتر در فکر رفتن و اقامت طولانی در امریکا بود. بهانه‌اش هم این بود که باید خود و کارهـایش را بیشتر معرفی ومطرح کند. به مسائل مالی چند سال اخیرش که از آن جـا دوربوده، برسد و اقامتش را تمدید کند. می‌گفت که برای یکی دوسالی می‌روم و بعد برمی‌گردم و یک بارهم اواخـر تابستان بطور ناگهانی بـا

۱۹۵

عجله بمدت یک ماه و چند روزی رفت و برگشت واین بار که برگشت. بیشتر مصمم به رفتن شده بود. اما دوست نداشت که خانه وزندگیش را در این جا بهم بریزد. بمن هم چیزی نمی‌گفت. بیشتر در برخورد وصحبت با من، مهربان اما در این اواخر عصبی بود.گاه به تلفن‌هایم پاسخ نمی‌داد و گاه هفته‌ها حاضر نمی‌شد که به دیدارش بروم و در یکی از آخرین دیدار هایمان به من گفت:

- رای اگر برای من اتفاقی افتاد. قول بده از خانه و آثارمن مراقبت کنی و مرا حتما در همین جا کنار ساحل به خاک بسپاری..

وقتی با آن حالت وغم و ناامیدی،آن حرف‌ها را گفت. من از حرف‌هایش یکه خوردم. هرگز فکر نمی‌کردم که او در فکر مرگ باشد و هرگز انتظار شنیدن چنان حرف‌های مایوس کننده و ناامیدانه را از او نداشتم. چرا که او برای من وجود ومظهر تمام شادی‌ها بود. همیشه، همه وقت در اوج ناراحتی هم چهره گشاد ومهربانش، پوشیده از لبخند بود وبرای همین ناراحت و نگران از او خواستم که از این نوع حرف‌های مایوس کننده نزند.

وقتی ناراحتی مرا دید. لحظه‌ها با اندوه خیره در چشمانم نگریست و دیگر چیزی نگفت. انگار نخواست ودلش نیامد که چیزی بگوید.تا این که بعد از مدتی دیگر کمتر حاضر به دیدار با من بود. فقط هر چند روز تلفنی با هم صحبت می‌کردیم. بهانه‌اش هم این بود که سرش خیلی

شلوغ است. بچه‌های زیادی را در کارگاهش پذیرفته وگرفتار است. اما لحن صدایش عوض شده بود. چیزی را انگار از من پنهان می‌کرد. اما من به او و حرف او اعتقاد و باور داشتم و همانطور که خواسته بود. کمتر بدیدنش می‌رفتم. مشغول کارهای خودم بودم وفکر می‌کردم شاید گرفتار است وشاید حوصله ندارد. روزها به همین منوال گذشت. پائیز در حال تمام شدن بود که آن اتفاق افتاد. می‌گویم آن اتفاق افتاد. چون من هرگز به اتفاق فکر نکرده بودم. هرگز فکر نمی‌کردم که روزی اتفاق می‌افتد وما را خبر می‌کنند و باید همیشه‌آماده ومنتظر اتفاق باشیم و هرگز هم به اتفاق اعتقاد نداشتم. فکر می‌کردم که می‌توان همه چیز را و همه‌امور وجریان زندگی را با تصمیم واراده خود پیش بینی و کنترل وهدایت کرد. هرگز هم نمی‌خواستم بپذیرم وقبول کنم که زندگی مرا و تمام سرنوشت وهستی مرا اتفاق‌های ناخواسته وناگهانی وبی خبری بهم ریخته و از بین برده اند و من ناباورانه آنها را پذیرفته‌ام. بی آن که در فکر اتفاق دیگری باشم. اما مرگ ناگهانی رعنا اتفاق عظیم زندگی من بودکه ناگهان رخ داد وصفحه آخر امید وعشق زندگی مرا ورق زد وبست. می‌گویم ناگهانی، جز این چه می‌توانم بگویم. همیشه خواسته واصرار کرده بودم که درکنار او باشم وبا او زندگی کنم. حتی خواسته بودم که با او ازدواج کنم. ولی او نپذیرفته بود. گویا می‌دانست که فرصت کم است واو رفتنیست و برای همین در

چند ماه آخر عمرش ارتباطش را هم با من کم کرد و کمتر حاضر به دیدار با من شد. اما اگر به خواست او از نزدیک با او در تماس نبودم. دورادور از جریان امور زندگی و از کارها و گذر روزها و ایام زندگی او با خبر بودم. خواهرم منیژه که رعنا با او دوست و مرتب تماس و دیدار داشت، هر چند روز با هم قرار برای خرید و یا رفتن به جایی را می‌گذاشتند. هم چنین ایوار پیر رابطین و بهترین دوستان ما بودند. رعنا هم همیشه از طریق خواهرم در جریان امور زندگی من قرار داشت و پیگیر بود که من برای کنترل و چکاپ ماهانه‌ام بروم و داروهایم را مرتب مصرف کنم و مهمتر از همه پی گیر نوشته‌ها، شعرها و قصه‌هایم بود. می‌دانستم چقدر مهربان است و چقدر تودار و اما نمی‌دانستم که پرده‌های قلب رنج دیده مهربانش در گذر ایام و مشکلات و رنج‌ها و غم‌ها، آن قدر نازک شده‌اند که دیگر تحمل آسیب تازه و غم دیگری را ندارند. نمی‌دانستم که او سال‌هاست گرفتار بیماری قلبی ست و یک سال و نیم پیش که برای برگزاری نمایشگاه آثارش به نیورک رفته بود. در آن جا حالش بهم می‌خورد و از هوش می‌رود. در بیمارستان وقتی بهوش می‌آید به او می‌گویند که ناراحتی قلبش شدت گرفته. با برادرش آئین که پزشک و متخصص قلب است تماس می‌گیرد و به پنسلوانیا می‌رود و تحت نظر او در بیمارستان بستری می‌شود. اقدام‌های اساسی و لازم برای درمان بیماریش را شروع می‌کنند و در سفر بعدی که برای

کنترول بیماریش می‌رود به اومی گویند که برای درمان اساسی نیاز به جراحی و مراقبت طولانی است اما معلوم نیست که جراحی هم جواب درستی بدهد ویا نه ولی پیش از جراحی باید به مدت چند ماه داروهایی را تحت نظر پزشک متخصصی مصرف کند و از هیجان و اضطراب بپرهیزد واو با مشاورت وصلاحدید برادرش با این امیدکه داروهاو دوره درمانی تازه با استراحت موثر خواهد بود برمی‌گردد. اوایل تابستان بود که برگشت و دو روز بعد از بازگشتش بود که با من تماس گرفت واز تصمیمش برای رفتن به مدت طولانی به‌امریکا خبرداد و پرسید:

-    اگراز من بخواهد که همراهش به‌امریکا بروم. می‌روم؟

ومن در پاسخش گفتم بله و به او گفتم و قول دادم هر جا بخواهد به بدترین جای جهان وحتی به جهان مرگ هم همراهش خواهم رفت و او خندید و گفت که پس برای سفر آماده شو و برای ویزای امریکا اقدام کن. چون تا عید نوروز باید برویم. اما از بیماریش با من چیزی نگفت. شاید بر این باور و اطمینان بود که بیماریش تحت کنترل و رو به بهبود است ونیازی نیست که به من چیزی بگوید و من از آن باخبر نشدم و ندانستم که در کنار گذر هر روزه زندگی، غم‌ها و رنج‌ها قلب رنجورش هم در حال ویرانیست. ندانستم که روزهای تلخی در

انتظار ماست و زندگی فرصت آرامش را به ما نخواهد داد و روزی ناگهان اتفاق خواهد افتاد و مرا به تنهایی و او را به مرگ خواهد برد.

٭٭

اواخر پائیز بود و من مدتی بود که با او تماس نداشتم و سخت مشغول کارهای خود بودم. اما خواهرم مرتب با او در در تماس ودیدار بود. وقتی من از خواهر سوال می‌کردم. قرارتان با رعنا کجاست می‌خواهید کجا بروید؟

می‌گفت:

- می‌رویم بازار

و از بیماری رعنا به من چیزی نمی‌گفت. اما اورا هم مدتی بود بخصوص در این چند روز اخیر گرفته و عصبی می‌دیدم. سوال هم که می‌کردم، پاسخی درست نمی‌شنیدم. اما آن روز صبح که از خواب برخاستم، خانه مثل همیشه نبود. نه صدای موسیقی بود و نه میز آماده‌ی صبحانه. خواهرم هم در خانه نبود. ظهر که بر گشت عصبی وداغون بود.. گفت که خسته است و یک راست رفت به اطاقش و در را بست و بعداز ظهر بعد از یک تماس و صحبت تلفنی کوتاه با چهره‌ای گرفته نزد من آمد و گفت:

- باید به بیمارستان برویم. رعنا انگار حالش خوب نیست

کلمه به کلمه حرف‌هایش مثل یک پتک بر سرم خورد. برای لحظه‌ها همانطور گنگ ومات نگاهش کردم. انگار حرف‌های او را نشنیده بودم. انگار تصور شنیدن چنان خبری برای من غیر ممکن بود. همانطور کتاب در دست مات به خواهرم زل زده بودم و ذهنم از کار افتاده وتوان درک را از دست داده بود. خواهرم که سکوت و نگاه مات وگنگ مرا دید ترسید با صدای بلند و نگران گفت:

- سهراب شنیدی چه گفتم. رعنا مریضه، در بیمارستان بستریست حالش اصلا خوب نیست باید بدیدنش برویم.

ناتوان و شکسته با صدای لرزان گفتم.

- چرا مریضه؟ چه شده، چه اتفاقی برایش افتاده؟

گفت:

- مرا ببخش من باید زودتر به تو می‌گفتم ولی رعنا نمی‌گذاشت

به زحمت با صدای گرفته پرسیدم:

- پرسیدم چرا مریض شده، از کی در بیمارستان بستریست؟

- خیلی وقته که مریضه، اما نمی‌خواست تو بدانی.

- مگر بیماریش چیه؟

- ناراحتی قلبی، قلبش مریضه. از سال‌ها پیش داشته و چند سفری هم که پارسال و تابستان به‌امریکا داشت بخاطر کنترل بیماریش بود. و قرار بود بهار آینده قلبش را جراحی کنند وبرای همین

می‌خواست بعد عید نوروز به‌امریکا بر گردد. اما چه بگویم این بیماری انگار دست بردار نیست، هفته پیش که صبح از خواب بیدار می‌شود. احساس می‌کند ناتوان است وحالش خوب نیست روی سینه اش هم احساس درد داشته. داروهایش را می‌خورد و کمی استراحت می‌کند ونزدیک ظهر که حالش خوب می‌شود. همراه با چندتن از بچه‌ها، همان شاگردانش برای قدم زدن به ساحل دریاچه می‌رود و در لبه ساحل که مشغول تماشای دریاچه بوده حالش بهم می‌خورد وبیهوش به زمین می‌افتد. البته یک عده از بچه‌ها جریان را طور دیگری تعریف کرده‌اند. گویا یکی از دختر بچه‌ها که مشغول بازی درساحل بوده در آب می‌افتد. رعنا می‌رود که کمکش کند و بیرونش بیارد سرش گیج می‌رود ومی‌افتد وبیهوش می‌شود. یکی از قایقران‌ها که از آنجا می‌گذشته سر وصدا و گریه بچه‌ها را می‌شنود. آقای ایوار و دیگران را خبر می‌کند وآن‌ها می‌آیند وبرمی‌دارندو می‌برند به خانه اش، پزشک درمانگاه شهرک را خبر می‌کنند. او می‌آید و می‌گوید که سکته کرده باید ببریدش به بیمارستان. ایوار به من زنگ زد و من با پزشکش که در این مدت پیشش می‌رفتیم و زیر نظر او بود. تماس گرفتم گفت که بیاریدش به بیمارستان. به ایوار زنگ زدم وآن‌ها آوردنش و در بیمارستان بستریش کردیم. بعداز یک ساعت به هوش آمد و چندروز گذشته

حالش خوب بود و قرار بود که‌امروز مرخص شود اما از نیمه شب حالش به هم خورده و انگار دوباره سکته کرده ویا چه می‌دانم، از صبح آن جا بودم. طفلکی حالش اصلا خوب نیست. می خواست تو را ببیند.

- مرا ببیند؟

- بله تو را.

یک لحظه احساس کردم دارم از دورن فرو می‌ریزم. باید به شما اعتراف کنم که در زندگی هرگز روز خوشی ندیدم. من این زندگی را هرگز نزیستم و رعنا هم نزیست. رفتم کت وشلوارم را پوشیدم. . گیج گنگ همراه با خواهرم راه افتادم. پا از خانه بیرون که گذاشتیم، نم باران را در صورتم حس کردم. در راه همه چیز برایم غریب و ناآشنا بود. چیزی انگار از من دور می‌شد. چیزی که نمی‌دانستم چه هست. وقتی در بیمارستان به بخش مراقبت‌های ویژه رسیدیم. دیدیم ایوار پیر با یکی از همسایه‌ها و مستخدم پیرش آن جا هستند. ایوار پیر با چهره‌ای گرفته ونگران از روی صندلی که کنار راهرو نشسته بود بلند شد پیش آمد و شانه‌هایم را میان دستش فشرد اما چیزی نگفت. نزد پرستار اطاقش در قسمت مراقبت‌های ویژه رفتیم خواهرم پرسید:

- حالش چطوره؟

- پرستار گفت:

-	به هوش آمده.

پرسیدم:

-	می‌توانم ببینمش و با او حرف بزنم

پرستار پرسید:

-	رای شما هستید؟

-	بله.

-	همه اش اسم شما را می‌برد. می‌دانید که ممنوع است. اگر بخواهید باید از دکترش اجازه بگیرید.

نزد پزشک مسئول بخش رفتم و خودم را معرفی کردم. پزشک جوانی که مسئول بخش بود. مرا شناخت. وقتی علت مراجعه‌ام را گفتم و حال رعنا را پرسیدم. لحن صدایش عوض شد. گفت:

-	متاسفانه وضع ایشان چندان خوب نیست. ایشان دچار حمله قلبی مجددی شده‌اند. ما تلاشمان را کرده‌ایم. اما زیاد امیدی نیست.

فهمیدم که در لحظه بد وناخواسته زندگیم هستم و رعنا در لحظه آخرزندگیش قرار دارد. اما نمی‌خواستم که او تنها باشد. می‌خواستم هرطور شده کنار بسترش بروم. بالای سرش کنار بالینش بنشینم تا بداند که همیشه در کنارش بوده‌ام، گفتم:

-	اجازه دارم و می‌توانم ببینمش.

گفت: نه.

- اصرار کردم.

گفت: می‌دانید که در قسمت مراقبت‌های ویژه است.

گفتم:

- فقط برای چند لحظه خواهش می‌کنم. من باید او را ببینم.

گفت:

- با توجه به وضع ایشان حقیقتش رفتن شما وهرکس دیگر درست نیست. اما حالا که اصرار دارید. همراه خانم پرستار بروید. اما فقط برای چند لحظه.

خانم پرستار با اشاره دست گفت:

- لطفا همراه من بیایید.

وقتی وارد اطاق شدیم زیر ماسک اکسیژن از صدای در متوجه ما شد. مرا که دید انگار منتظرم بود. نگاهش را به من دوخت و دستش را به زحمت تکان داد. کنار بالینش رفتم. نگاهش را که مملو ازاشک و حرف‌های ناگفته بود در چشمم دوخت. لحظه‌ها نگاهم کرد وحرف‌های ناگفته اش را گفت و بعد نگاهش را برگرفت وپلک‌هایش را روی هم گذاشت. پرستار که کنارما مراقب بودگفت:

- وقت تمامه، بفرمایید. بفرمایید بیرون.

از اطاق بیرون آمدم.تمام بیمارستان دور سرم می‌گشت وهستی برسرم خراب می‌شد. ای زندگی با ما چه کردی؟

نمی‌دانستم چه بکنم. از ساختمان بیمارستان بیرون آمدم. با این که هوا سرد بود وخواهرم می‌گفت که بیرون نرو، رفتم ودر صندلی چوبی زیر درختی نشستم و خود را رهاکردم واز دل گریستم. چهره و نگاه او وتمام یاد وخاطره و تصویر او در برابر چشمم بود. نمی‌توانستم چیز دیگری ببینم. توان فکر کردن را هم نداشتم.

نمی‌دانم شما شامگاه را چه می‌دانید؟ ونمی‌دانم شامگاه را چه گفته اند؟ شامگاه شاید وقتی دلتنگیست، وقت رفتن است، وقت تنهایی وغربت است. شامگاه آن روز وقت رفتن وغربت رعنا بود.

رعنا بعد از ماه‌ها بیماری درست در شامگاه روز تولدش در آخرین روزهای پائیز. گرفتار پائیز شد و در بیمارستان چشم از زندگی فرو بست و رفت.

۱۲

هوا گرفته و مه آلود و ابریست. بادی نرم بر برگ‌های ریخته برپای درخت‌های نزدیک خانه‌اش می‌وزد. برگ‌ها زرد و قهوه‌ای وگاه سرخ وسبز و ارغوانینـد. دلـم گرفتـه اسـت. غوغـای غریبـی از غم،دورنـم را می‌کاود. از لحظه‌ای که وارد خانه‌اش شده‌ام هر سو را که نگاه مـی‌کنم سرشار از رنگ است. تصـویر دیگـری از هسـتی و زنـدگی را مـی‌بینم. تابلوهای نقاشی او مملو از رنگ‌های سفید، خاکستری، سرخ،سبز، آبی،

بنفش بر دیوارهای هال ونشیمن و دیگر اطاق‌های خانه‌اش آویخته شده است. تابلوهایی با سوژه وطرح‌هایی دیگرسان. به کارگاهش می‌روم به اطاقی که خاطره روشن شبی را که در آن با رعنا به بحث و گفتگو گذرانده‌ام. بر دیوار پهن اطاق، کنار میز کار ومطالعه‌اش روی سه پایه تابلویی قرار دارد که گویا تازه ترسیم و نقاشی آن تمام شده ویا شاید هنوز ناقص است. سوژه وموصوع تابلو در اندو مرگ یا خواب زمین ونابوی هستی و ستایش عشق است. او مخالف جنگ و طرفدار محیط زیست و حیات در روی زمین وهستی بود و برای همین بیشترین فکر وسوژه تابلوهایش در آن زمینه وفکر بودند. خاطرم است آن شب هم که با هم در همین اطاق بحث می‌کردیم. به من گفت که تابلوی جدیدش را براساس یکی از شعرهای من خواهد کشید.تمام منظورش در همین زمینه ونگرانیش از ویرانی جهان هستی بود ومن اکنون آن را در مقابلم می‌دیدم. ابعاد تابلو بسیار بزرگ بود و در فضایی دیگرسان با سایه روشنی ازرنگ‌های سرخ وسفید قهوه‌ای و سبز وآبی بنفش خاکستری که تصویر و حکایتی ست از دیار ویران ناپیدای هرگز. در مرکز متن تابلو که نگاه را جلب می‌کند تصویر زنی است که گیسوانش افشان در آب جاریست و چشمان سبز مملو از پرسش وعشق وغمش نگاه نگران دارند و اسیر در میان وزش توفان خاک و آب و برگ، نگاه بر ساعت مرگ جهان دارد وجهان در حال ویران شدن است. در

پائین تابلو کنار نام و امضایش با خطی زیبا چند سطر از شعر (چیـزی بـه خواب زمین نمانده است) من بسیار ریز نوشته است:

زیبایی جهان همین بود.

که من تورا بستایم.

وتو عشق را.

می‌دانستم که تورا از دست خواهم داد.

تو این را در خواب‌های جهان گفته بودی.

و من مجذوب شده در برابر تابلویی کـه خـودش بـرایم گفتـه بـود کـه ترسیم خواهد کـرد. بقیـه شـعر را بـا چشـمان اشـک گرفتـه‌ام زیـر لـب می‌خوانم:

جهان زیبایی تورا جای نداشت.

و قلب تو اندوه را.

مرا می‌گفتند که اسیر توام.

تورا می‌گفتند که اسیر عشقی.

اما عشق با ‌ چه کند؟

....

از تابلوهـای نقاشـیش کـه چشـم می‌گیـرم. نگـاهم در فضـای صـمیمی ودیگرسان خانه اش میان مبلمان و دیگر وسائل و اشیاء در و دیوارها که رنگ وعطـر و نشـانی از او دارنـد می‌گـردد .. هنـوز فنجـان قهـوه نیمـه

تمامش، روزنامه، مداد و کتابی که می‌خوانده وجعبه داروهایش روی میز است و روسری آبی رنگ ابریشمیش از پشت صندلی آویخته مانده و حضور و عطر وجود و نفس‌هایش که فضای خانه‌اش را آکنده است. گرچه گفته گفته خانه وتمام اشیایش را به خدمتکار پیرش بدهند. اما نمی‌خواهم به هیچ یک از آن‌ها دست بزنند. می‌خواهم آن‌ها همانطور که هست بمانند. آن‌ها ودیگر اشیای خانه اش که حضور او را تکرار می‌کنند. هرگز نمی‌دانستم که از گذشته از سال‌ها پیش دچار ناراحتی قلبی بوده ودارو مصرف می‌کرده. این را برادرش رائین که صبح همراه مادر پیرش از امریکا رسیده و پزشک و متخصص قلب وعروق است با حال پریشان و چشمان پر اشک به خواهرم نقل می‌کند ومن هم می‌شنوم، می‌گوید:

- ناراحتی قلبی را از کودکی داشت ولی از روز تصادف شدت پیدا کرد. علت اصلی تصادف و واژگونی اتومبیلش هم حمله قلبی بود که هنگام رانندگی به او دست داده بود. البته بعدا به من گفت که عصر هنگام برگشتن از دانشگاه یک آن احساس می‌کند که رای کنارش نشسته، هول می‌کند و گرفتارهیجان وحمله قلبی می‌شود و کنترل اتومبیلش را از دست می‌دهد و با جدول کنار جاده برخورد می‌کند و اتومبیلش واژگون می‌شود. وقتی به بیمارستان آوردنش، بیهوش بود و در بیمارستان فهمیدیم که در اثر حمله قلبی بیهوش

شده. از آن روز به بعد خطر حمله وایست قلبی برایش هر لحظه ممکن بود. همان روز در بیمارستان به او گفتند ومن هم مرتب در هر تماسی که داشتیم سفارش وتاکید می‌کردم که باید خیلی مراقب باشد و از استرس و هیجان پرهیز کند و اگر هم از امریکا به‌این جا آمد به خاطر دوری از هیجان و استراحت در یک جای دنج، کنار دریا و بودن نزد شما بود. اگر چه من مخالف بودم. ولی او گوش به حرف من نداد و بالاخره آن چه که نباید می‌شد، شد و اتفاق افتاد. بیچاره رعنا در زندگیش خیلی بد آورد و خیلی آسیب دید.

از شنیدن حرف‌های برادرش رائین، می‌فهمم که او از سال‌ها پیش حتی پیش از تصادف با اتومبیلش گرفتار ناراحتی قلبی بوده. اما چرا این موضوع را هرگز به من نگفت وپنهان نگه داشت. علت آن رانمی‌فهمم. کمی که فکر می‌کنم، تازه یادم می‌آید که در همان روزی که بعد سال‌ها در محوطه مهمانخانه دیدمش در تعریف ماجرای تصادف و آسیب دیدن چشمش اشار به دیدن خیال من در کنار دستش و ترسیدن و فروریختن قلبش کرد اما من زیاد توجه نکردم و آن راجدی نگرفتم،آه چرا توجه نکردم؟ و چرا او به‌این مسئله تاکید نکرد؟ بیرون به‌ایوان خانه‌اش می‌روم،کنار نرده‌ها به ستون چوبی ایوان تکیه می‌زنم وچشم بر افق دور می‌دوزم. هم چنان یاد وخاطره اش را در دل مرور می‌کنم. او

تماشا کردن به دور دست را دوست داشت. هر جا که بود می‌ایستاد و چشم بر افق دور می‌دوخت. افق دوردست معنای نگاه او بود. اورا افق دور در خود غرق می‌نمود و یا او آن را تسخیر می‌کرد. همیشه بعداز نگاه کردن به دورستها بود که آرامشش را باز می‌یافت. سری تکان می‌داد و لبخند می‌زد اماچیزی نمی‌گفت. از نگاه‌های غم گرفته‌اش، می‌شد فهمید که چیزی در درونش هست. چیزی که نمی‌خواهد ویا نمی‌تواند بگوید. انگار می‌دانست که فرصت کم است واو رفتنیست. شامگاه چند هفته پیش که به بهانه گردش در ساحل دریا چه. نزدیک خانه‌اش رفته بودم. او را درخیابان پراز درخت مشرف بر خانه‌اش دیدم. مرا که دید ایستاد وبعد از مدت‌ها که نمی‌خواست و حاضر بدیدار وصحبت با من نبود. با لحنی پر از اعتراض گفت:

- رای این جا چه می‌کنی؟

گفتم:

- برای گردش و هواخوری .آمده‌ام.

گفت:

- برای گردش و هواخوری و یا دیدن من؟

گفتم:

- حقیقش برای دیدن تو.

کمـی تامـل کـرد و از عصـبانیتش کاسـته شـد و دوبـار آن مهربـانی همیشگیش را بـاز یافت، خنـده اش گرفـت و سـرش را تکـان داد و راه افتاد. من هم قدم به قدم همراهش شدم. کمی که در سکوت راه رفتیم. چشمش که به برگ‌های ریخته در پای درختان افتاد برگشت و گفت:

- رای یادتـه آن وقت‌هـا در دانشـکده، مـن کـه پـا روی برگ‌هـا می‌گذاشتم می‌گفتی روی برگ‌ها پا نگذار آن‌ها هم حس دارند؟

گفتم: آره.

گفت:

- حالا مدتیست که فهمیده‌ام تو راست می‌گفتی، برگ‌ها هـم حـس دارنـد. مثـل دیگـر گیاهـان و جانـداران. حـالا دیگـر پـا روی آن‌هـا نمی‌گذارم. چون آن‌ها که خرد می‌شوند. من احساس مـی‌کنم کـه درد می‌کشند.

از حـس عمیقـی کـه در درکِ وجـود همـه چیـز. اشیا و عناصـر محیـط اطرافش داشت. ذوق زده شدم و گفتم:

- من هم همین طور.

به دم در خانه اش رسیده بـودیم. مثـل گذشـته، مثـل همـان زمان‌هـا در دوران دانشکده در تهران که همراه او تا دم در خانـه شـان مـی‌رفتم. در خانه‌اش را گشـود. ایسـتاد، لبخنـدی زد و دسـت تکـان داد و گفت: خـدا حافظ و رفت.

جز مادرپیرش و برادرش رائین که غریب و غمزده و گریان در گوشه اطاق نشیمن نشسته‌اند وخواهرم منیژه و خدمتکار پیرش که گریانند ومن که برای پنهان داشتن اشک‌هایم عینک سیاه به چشم زده‌ام و ایوار پیر وچند خانم و آقا که از همسایه‌های نزدیکش هستند. در خانه اش کسی دیگری نیست. طاقتم طاق می‌شود. به دم در خانه‌اش می‌روم. بیرون کنار در خانه‌اش مراد جنگلبان و تعدادی از همسایه‌ها واهالی روستا وشهرک ساحلی جمع شده اند. مرا از نزدیکانش وصاحب عزا می‌دانند و همه با سر و بیان کلامی، سرسلامتی می دهند وتسلیت می‌گویند. او جز من در آن شهر و دیار و چند آشنا ی دور، کس دیگری را نداشت غریب آمد وغریب مرد. ایوار پیر می‌آید ومی‌گوید:

- وقتش است آقا اگر اجازه بفرمایید ببریمش.

- می گویم:

- هر تور که صلاح می‌دانید.

ایوار پیر همراه مراد جنگلبان وچند تن از همسایه‌هایش می‌روند وکمی بعد تابوتش را بر دوش گرفته خارج می‌شوند. می‌خواهم از تابوتش بگیرم، نمی‌توانم. دوست ندارم تابوت او را حمل کنم. خواهرم ومادر و برادرش هم پشت سر تابوت غم زده می‌روند. کنار دیوار خانه‌اش می‌ایستم و تابوت اورا که بر دوش اندک آشنایان و همسایه‌هایش حمل می شود مشایعت می کنم. این پایان اوست. اما او آن را انتخاب

نکرده بود. برف آرام می‌بارد و باد سرد می‌وزد. سرمایی غریب بر تمام وجودم می‌نشیند واحساس سرما می‌کنم. یادم می‌آید. آن روز هم در آن گرمای تابستان در خیابان شرقی دانشکده وقتی او خداحافظی کرد و رفت. باد سردی می‌وزید و ناگهان همین احساس سرمای غریب بر تمام وجود من نشست. تابوت او را روی دست میان مه وابرو برف می‌برند و من گنگ ومغموم در حالی که تمام وجود وتخته بند تنم می‌لرزد. پشت سر تابوت میان جمعیت راه می‌افتم وبا آن‌ها می‌روم. به گورستان دهکده می‌رسیم. در آن‌جا در آن بالا، ابر پایین آمده وتمام عرصه کوهستان را پوشانده و هوا سخت مه آلود است. انگار ابر هم دلش گرفته است و دوست وهم دمی را ازدست داده وعزادار است. او را همانطور که وصیت کرده بود. در گورستان دهکده در سینه کوه رو به دریاچه پای درخت سنجد دفن خواهند کرد. در فاصله کمی به اندازه نیم متر ویا کمی بیشتر از محلی که او را دفن خواهند کرد گور دیگری قرار دارد که روی سنگ قبرش را برف و خاک وبرگ پوشانده است. نمی‌توان نوشته سنگ قبر را خواند وفهمید که گور کیست. اما گور هر کسی است، خوش به حالش که کنار رعنا قرار دارد. با خودم می‌گویم ای کاش آن گور، گور من بود. بر بالای گور چند شاخه گل میخک سرخ وسفید گذاشته‌اند که برایم بسیار تعجب انگیز اما جالب و خوشحال کننده است. در حین مراسم خاکسپاری. ناراحت و غمگین

کنار درخت سنجد می‌ایستم و نگاه می‌کنم. میان همسایه‌ها و مردم روستا ناآشنا و غریبه هستم. وقتی در گورش قرار می‌دهند. دیگر توانم را از دست می‌دهم و اشکم سرازیر می‌شود و هاهای می‌گریم. بخاطر گریستنم اکثرافراد فکر می‌کنند. قوم خویش و فامیل نزدیک او هستم. مردی که سنگی را بر بالای گورش می‌گذارد: می‌پرسد اسمشان چه بود. بر روی سنگ چه بنویسم؟

برادرش می‌گوید:

رعنا نجواپور – نقاش

دختر تیمسار امیر نجواپور

تولد ۲۸ آذر ماه۱۳۳۵ تهران

فوت ۲۸ آذرماه ۱۳۷۲اورمیه

بعد از پایان مراسم خاکسپاری، دعایی می‌خوانند و فاتحه می‌دهند و همه یک به یک نزدیک آمده و تسلیت می‌گویند.

یکی می‌گوید:

-     خدا صبرتان دهد خانم خوبی بود.

دیگری می‌گوید:

-     به همه کمک می‌کرد. راستی اسمش چه بود. هیچ وقت اسمش را ندانستیم چه بود؟ راستی او کی بود

زنی که در همسایگی نزدیک خانه‌اش خانه دارد. می‌پرسد:

- راستی شما چه چیزش هستید. تا به حال ندیده بودیم که بدیدنش بیایید.

قادر به پاسخ به هیچ یک از سوال‌های آن‌ها نیستم. همسایه‌ها و دیگر اهالی شهرک ساحلی که برای مراسم خاکسپاریش آمده اند. با وجود این که او را دیده و با او آشنا بودند. می‌پرسند او کی بود؟ و من غم زده زیرلب زمزمه می‌کنم. او عشق بود.

کنار درخت سنجد بالای گورش می‌ایستم وچشم بر دریا می‌دوزم. آیا این انتخاب او بود. او همانطور که آرزو می‌کرد توانست سرنوشت خودرا انتخاب کند. چه کسی می‌توانست فکر کند و بپذیرد که او روزی در گورستان دهکده‌ای دور، کنار دریاچه. دور از خانواده وفامیل وآشنایان در میان مه و ابر، غریب به خاک سپرده شود.آیا این انتخاب او بود؟ او عشق و تمام امید زندگی من بود. من معنای عشق و دوست داشتن را با او شناختم و به زندگی دل بستم و اکنون با مرگ او حس می‌کنم که من هم تمام شده‌ام. با رفتن و پراکنده شدن جماعت، خواهرم وایوار پیر به من و مادر وبرادرش رائین می‌گویند:

- باید به اهالی وهمسایه‌هایش در مهمانخانه ناهار بدهیم. بعد ازظهر هم مراسمش است.

برادرش که بسیار ناراحت وغمگین ودر عین حال ناآشنا به رسم رسوم این جاست. به آن‌ها می‌گوید:

- هرطور که صلاح می‌دانید.

وبعد همراه مادرش بالای گـور رعنا می‌نشینند وهای هـای می‌گرینـد. ایوار وخواهرم بلندشان می‌کنند و می‌گویند:

- خداوند روحش را شاد کند. بفرمایید. بفرمایید برویم.

بعد ایوار خطاب به من می‌گوید

- آقا شما هم بفرمایید برویم.

می‌گویم:

- شماها بروید، می‌خواهم کمی این جا کنار گورش تنها بمانم. می‌فهمند که چه می‌گویم وچه حالی دارم. آن‌ها می‌روند. لحظه‌ها بـر سـر خـاکش می‌نشینم و زار می‌گریم وحرف‌هـایم را مـی‌زنم. و آرزو می‌کنم که‌ای کاش من هم می‌مردم.

همانطور که به خواهرم سپرده بـودم روی قبرش را بـا گل‌هـای سـفید میخک پوشانده است و می‌فهمم که بـرروی گـوری دیگرکـه در کنار گور او قرار دارد و روی سنگ گورش را برف و خاک وبرگ پوشانده است. چند شاخه میخک سرخ وسفید را او گذاشته است. نمی‌دانم گـور کیست، اما از کاری که خواهرم کرده خوشحال می‌شوم. بلند می‌شـوم و اشک‌هایم را پاک می‌کنم و آماده رفتن می‌شوم. باد شروع به وزیـدن می‌کند و از جانب دریاچـه سـرد وتنـد مـی‌وزد وخـاک وبـرگ وبـرف ریخته برروی سنگ گور کنار گور رعنا را می‌روبد و پاک می‌کند وبا

خود می‌برد و نوشته روی سنگ قبر آشکار می‌شــود. برمی‌گـردم و خـم می‌شوم. خطوط نوشته روی سنگ قبر ثابت نیستند. متغییرنـد و در حـال حرکت و لرزشند. بعد از لحظاتی تلاش، دقیق که می‌نگرم. مـی‌بینم بـر سنگ قبر کناری نوشته شده:

سهراب شاهوردی — معروف به رای

شاعر ونویسنده

فرزند . امیر و یاسمن

تولد ۱۳۳۴/۱/۵

فوت ۱۳۷۰/۲/۲۸

تمام وجودم می‌لرزد. یعنی این جا گـور مـن است. یعنـی مـن مـرده‌ام. نمی‌توانم باور کنم. نه‌این درست نیست. این خیال است. توهم است که مرا در بر گرفته وحقیقت ندارد. بـه اطـرافم نگـاهم مـی‌کنم امـا چیـزی نمی‌بینم. گیج ومنگ شده‌ام و در حال تهی شدن هسـتم. خلایـی بـزرگ وعظیم تمام وجودم را در بر می‌گیرد. نمی‌تـوانم دیگـر چیـزی را حـس کنم وبفهمم. قادر به خواندن ودیـدن هـیچ چیزدیگـری نیسـتم. دهـانم خشکیده و نفسم به سختی در می‌آید. نمی‌دانم چـه بکنـم وچـه بگـویم. تصمیم می‌گیرم که برگردم وبروم اما نمی‌توانم، نگاه مـی‌کنم اما پاهـایم را نمی‌بینم. احساس مـی‌کنم پاهـایم نیستند. پاهـایم را حـس نمی‌کنم. در خلاء ایستاده‌ام ودارم از درون نیست ومحو می‌شوم. به هـر جـا کـه نگـاه

می‌کنم هیچ چیز آشنا نیست. تاریکی عمیقی ست که در آن سویش در افق دور که در میان حجم فشرده‌ای از ابرهای پیچان قرار دارد. افقی روشن با موج های دریا دیده می‌شود. باز به اطراف بدقت چشم می‌دوزم اما نمی‌توانم دهکده ودریاچه وجنگل وهیچ چیز دیگر را ببینم. فقط سکوت است وتاریکی و ابرهای پیچان که به افق دور می‌رسند. صداهایی می‌شنوم.انگار مرا می‌خوانند. انگار صداهایی می‌گویند:

- تو کاری که می‌خواستی کردی، دیگر تمام شد، حالا وقت رفتن است. بیا برویم.

به هر سو نگاه می‌کنم، به فضای اطرافم، می‌بینم همراه با بارش آرام برف در میان مه و ابر، من نیز چون مهی سرگردان ایستاده‌ام و چیزی مانند یک نیرو ویا وزش آرام باد مرا می‌کشد تا با خود ببرد. تازه به حقیقت خودم وزندگی وسرنوشت خودم پی می‌برم. پس من نیز مرده‌ام. نه بهترست بگویم من در بمباران کشته شدم. نه در بمباران زخمی‌شدم بعد از معالجه در آلمان. هنگام گردش و قایقرانی قایقم وسط دریاچه واژگون شد ومن غرق شدم. غمی نا آشنا همراه با دلهره رفتن و غربتی ناآشنا، تمام وجودم را در بر می‌گیرد. می‌دانم روزها وسال‌ها خواهد گذشت. کسی نخواهد پرسید که‌این چه سرنوشتی بود که دنیا بر ما رقم زد؟ و کسی نخواهد پرسید او کی بود؟ آن‌ها کی بودند؟ وچرا این جا

دفن شدند. از این فکر و سوال‌ها تنم می‌لرزد. صدایی می‌شنوم، صدایی مرا می‌خواند، انگار صدای خواهرم نه صدای رعناست:

– سهراب .. سهراب .... رای ..رای ... بیا ..بیا برویم.

بادها می‌وزند و برف آبی سرد و تند می‌بارد و آب‌ها مرا می‌برند.

۲۸فروردین ۱۳۸۹

تجدید نظر و باز نویسی پائیز ۱۴۰۰

اورمیه – ایران

آثار دیگر نویسنده:

شعر:

١. نیار (منظومه)، زمستان ۱۳۴۹.

٢. کوزه (مجموعه شعر)، تابستان ۱۳۵۰.

٣. مرثیه‌های کولی، پاییز ۱۳۵۳.

٤. غربت پاییز، ۱۳۵۵.

٥. شب هفتم، ۱۳۵۷.

٦. خیمه در پاییز، نشر رودکی، ۱۳۶۹.

٧. آبی در آشوب، نشر رودکی، ۱۳۷۰.

٨. ترانه‌ی آبی، نشر یوشیج، ۱۳۷۸.

٩. اورمیای بنفش، نشر یوشیج، ۱۳۷۹.

١٠. در ویرانی صبح، نشر قصیده‌سرا، ۱۳۸۰.

١١. چیزی به خواب زمین نمانده است، نشر قصیده‌سرا، ۱۳۸۲.

١٢. آوازهای اورمیا، نشر فرزان روز، ۱۳۸۴.

١٣. یاسمن در باد، انتشارات نگاه، ۱۳۹۲.

١٤. مادرم زنی زیبا بود، نشر مروارید، ۱۳۹۷.

١٥. به روزهای نیامده، برگزیده اشعار آماده برای چاپ

رمان:

۱٦. خزان، انتشارات قصیده، تهران، ۱۳۷۷.

۱۷. *آنجا که زاده شدم*، نشر فرزان روز، چاپ اول تابستان ۱۳۸۴، چاپ چهارم آذرماه ۱۳۹۸.

۱۷. *رأی و رعنا*، انتشارات عطایی، تهران، ۱۳۹۳.

۱۸. *سامانچی قیزی (دختر کاهفروش)*، نشـر فرزان روز ۱۳۹۱، چاپ دوم در دسـت اقدام.

۱۹. *شکار آهوان به شامگاه*، انتشارات کتابسرای تندیس، ۱۳۹۴.

۲۰. انتشار ترجمه‌ی رمان *آنجا کـه زاده شـدم* در امریکا توسـط انتشـارات پیج نیویورک.

۲۱. *دلباختگان بی‌نام شهر من*، نشر هنوز، تهران، ۱۳۹۶.

۲۲- *نجوای ناتمام ادل*، انتشارات مروارید، تهران، ۱۳۹۷.

۲۳- انتشار ترجمه‌ی رمان *آن جا که زاده شدم* به زبان فرانسه با ترجمـه‌ی دکتر نادر دادگر توسط انتشارات سیمیر در پاریس.

۲۴- *باغ غبار*. تهران انتشارات مروارید   ۱۴۰۰

مجموعه داستان

۲۵ - *مسافر باغ سیب*. تهرا انتشارات قصیده سرا ۱۳۸۲

۲۶- *با من از نرگسها بگو*. تهران نشر سیب سرخ. ۱۴۰۰

قصه برای کودکان:

۲۷. پری کوچک باغ، زمستان ۱۳۴۷.

۲۸. بادکنک قرمز یاقوت، نشر رودکی، اورمیه

۲۹. گل‌بهار ماهی شده بود

۳۱. نازی لپ‌قرمزی کوچه‌ی ما

۳۲. حلزون کوچولوی نی‌زن، نشر گل‌آذین، تهران

آثار تحقیقی:

۳۳. پدیدارشناسی انسانی (در سه جلد) از ۱۳۵۴ تا ۱۳۶۱ چاپ بروکسل.

۳۴. جامعه‌شناسی روستایی، دانشگاه اورمیه.

۳۵. بررسی رخساره‌ی اجتماعی آذربایجان غربی، ۱۳۶۵.

۳۶. دولتمداری شرق، دولتمداری غرب، ۱۳۶۴.

۳۷. مقدمه‌ای بر کلیله و دمنه، ۱۳۶۴.

۳۸. فکری دیگر (تحلیلی در مسائل تاریخ هنر و ادبیات و شعر امروز ایران)، ۱۳۷۴.

۳۹. تبارشناسی قومی و حیات ملی (جلد اول، نشر فرزان روز)، ۱۳۸۰، چاپ سوم ۱۳۹۶.

۴۰. مبانی حسی زبان و شعر، نشر فرزان روز، ۱۳۸۴.

۴۱. زبان، ذهن و معنا، آماده برای چاپ

۴۲. چهل‌وچهار مقاله علمی و تحقیقی منتشرشده در زمینه‌ی شعر و ادبیات، زبان‌شناسی، جامعه‌شناسی، روانشناسی، اجتماعی و پزشکی در سطح

اورمیا

اسماعیل یوردشاهیان مخلص به اورمیا شاعر، نویسنده و پژوهشگر می‌باشد. نویسنده ایست انسانگرا که نوشته‌های او در فضای حسی و مفهومی دگرسان شکل می‌گیرند و همه را تحت تأثیر قرار می‌دهند.

ایشان دکترای پژوهشی روانشناسی-اجتماعی را در سیون، سوئیس گرفته‌اند و بیشتر از ۱۷ مجموعه اشعار و ۸ رمان و ۳ کتاب پژوهشی تا کنون از ایشان منتشرشده است.

انتشارات KPH هم افتخار دارد آثار ایشان را در سطح بین الملل منتشر کند

برای تهیه کتاب ها از آمازون یا وبسایت انتشارات می توانید بارکدهای زیر را اسکن کنید

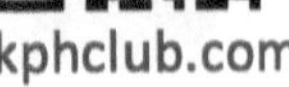

kphclub.com

Amazon.com